KB036202

변변찮은 마술강사와
추상일지
—메모리 레코드—

Memory records of bastard magic instructor

시스티나
피벨

학원에서는 '강사 킬러'라는
별명을 가진 고지식한
우등생. 하지만 집에서는
친우인 루미아에게도 밝히지
못하는 비밀이 있는데

주위에는 고대문명 마니아이자 전형적인 멜갈리언으로 알려진 시스티나지만……
사실 그녀에게는 남모르는 취미가 하나 더 있었다. 그것은―.
"흐흐흥~. 다음은 어떤 이야기를 써볼까~♪"
소설 집필. 이것이 바로 그녀의 친구인 루미아조차 모르는 비밀스러운 취미였다.
과거에 어느 소설가의 저서를 읽고 깊은 감명을 받은 것을 계기로, 소설을 쓰기
시작한 그녀는 어느새 창작활동이 가져다주는 즐거움의 노예로 변해 있었다.
"직접 말하기는 좀 그래도 난 제법 글재주가 있는 편이라니까~ 우후홋. 장래에는
마도 고고학자와 작가를 겸업하는 것도 나쁘지 않으려나~. 롤랑 엘트리아처럼!"
그리고 지금은 다음 작품을 구상하는 중이었다.
상상력(망상력)의 날개를 펼쳐서 이어지는 전개를 머릿속에서 자아내다가―.
"맛아! 어느 여학생과 교사의, 금단의 연애담도 괜찮을 거야! 응!"
갑자기 멋진 아이디어가 떠오르자 얼굴 한가득 미소를 지었다.
"따, 딱히 이 시추에이션에 다른 뜻은 없어! 다른 뜻은 없지만! 그래도……"
결심을 굳혔다.
그리고 시스티나는 바로 집필 작업에 착수했다.

루미아 틴젤

어떤 비밀을 품고 있는
청초하고 마음씨 고운 소녀.
시스티나의 친우. 그 성격과
우월한 몸매로 인해 학원
일부에서는 「대천사」라고
불린다.

"후우…… 그건 그렇고…… 시스티가 건강해져서 정말 다행이야……."
루미아는 욕조에 몸을 담그면서 그렇게 중얼거렸다.
어떤 사정 때문에 그녀는 어젯밤 마술학원 북쪽에 있는『미궁의 숲』을 글렌과
함께 내내 돌아다녔다.
모험에서 무사히 돌아온 지금은 어젯밤의 피로를 씻어내기 위해 입욕 중이었다.
"으응~ 기분 좋다……."
절묘한 온도. 진정작용이 있는 허브를 띄운 물에서는 상쾌한 향기가 피어올랐다.
어깨까지 몸을 가라앉히자 혈액순환이 원활해지고 단단하게 뭉친 근육이 풀려서
피로가 녹아내리는 것 같았다.
"그건 그렇고……."
이렇게 뜨거운 목욕물에 몸을 담그고 있자 문득 그 일이 떠올랐다.
어젯밤 숲 속에서 피로에 지친 루미아를 업고 다니던 글렌의 넓은 등과
그의 등 너머로 느껴진 따스한 열기가―.
"……아으."
갑자기 창피해진 루미아는 코까지 얼굴을 욕조에 가라앉히고 거품을 불었다.
머리에 피가 몰린 것은…… 결코 목욕물의 온도 때문만은 아니었으리라.

세리카 아르포네아

제7계제에 도달하고 최강으로
유명한 마술사. 글렌과 만나기
전까지는 나태하고 방종한
생활을 보내면서 타인의 접근을
허락하지 않았다.

"칫…… 오늘도 엿 같은 하루였군……."
제국 궁정 마도사단 특무분실의 에이스, 세리카는 오늘 밤도 홀로 술에 취해있었다.
"시시한 임무, 시시한 적, 시시한 동료…… 대체 언제까지 계속되는 거냐고."
요 4백 년 가까이 그녀는 언제 끝날지 모르는 영원한 세월을 계속 고독하게 살아왔다.
딱히 이 세상에 집착이 있는 건 아니었다.
그래서 마음이 죽은 산송장 같은 자신의 존재에 종지부를 찍어줄 뭔가를 갈구하며……
제국 궁정 마도사단에 들어온 것이었지만……
"너무 약해…… 이놈이고 저놈이고…… 빌어먹을……!"
주위에 있는 자들은 적이고 아군이고 가릴 것 없이 나약하고, 빈약하고, 왜소했다.
도저히 그녀와 같은 강대한 존재에게 끝을 가져다줄 위협이 되지 못했다.
그리고 그 나약한 자들은 자신들이 약하다는 생각을 못 하는 건지 그녀를
괴물이라도 되는 것처럼 두려워하고 멀리했다.
정말로 짜증스러웠다. 죄다 죽어버리면 좋을 텐데.
마침 그 순간, 옆에 둔 보석형 통신 마도기에서 착신을 알리는 공명음이 울렸다.
"……그러고 보니 오늘 밤에는…… 앨리스가 특별 임무를 지시한댔지……"
—어차피 또 시시한 임무겠지만.
세리카는 의식이 몽롱한 상태로 통신 마도기에 손을 뻗었다.

Memory records of bastard magic
instructor

CONTENTS

변변찮은 마술강사와 추상일지

—메모리 레코드—

Memory records of bastard magic instructor

히츠지 타로 지음

미시마 쿠로네 일러스트

최승원 옮김

저기…… 나, 너무, 열심히 일하는 게 아닐까?

알자노 제국 마술학원 강사 글렌 레이더스

Memory records
of
bastard
magic
instructor

세리카
아르포네아
알자노 제국 마술학원 교수.
외모는 젊어도 글렌을 길러준
부모이자 마술 스승이기도 한
수수께끼가 많은 여성. 글렌이
엮이면 팔불출이 된다.

루미아
틴젤
청초하고 마음씨 고운 누구에
게나 사랑받는 인기인. 목숨을
걸고 자신을 구해준 글렌을
일편단심으로 사모하고 있다.
글렌과 시스티나가 싸울 때는
자주 중재 역할을 맡는다.

시스티나
피벨
「강사 킬러」라는 별명을 가진
고지식한 우등생. 글렌의 적당한
태도를 흘려 넘기지 못하고
매번 설교하는 모습은 이미
학원의 명물이 됐을 정도다.

Character

글렌
레이더스

주인공. 알자노 제국 마술 학원의
마술을 싫어하는 마술 강사.
만사에 무책임하고 의욕 제로.
마술사로서도 삼류라서 장점은
전혀 없는 셈. 그런 그의 진정한
모습은―?

변변찮은 강사의 치열한 하루

Bastard magic instructor goes beyond his limits

Memory records of bastard magic instructor

"아, 진짜! 그 인간은 정말이지!"

그 날, 시스티나는 엄청나게 심기가 불편했다.

단정하고 아름다운 얼굴을 짜증스럽게 찌푸리고 어깨를 들썩이면서 알자노 제국 마술학원 본관의 복도를 빠른 걸음으로 걸어갔다. 그녀의 갈 곳 없는 분노는 바닥까지 전해졌고 반짝반짝 윤이 나는 판자가 끼익끼익 비명을 질러댔다.

"자, 자, 진정해. 시스티."

루미아는 그런 시스티나의 뒤를 병아리처럼 졸졸 따라다니면서 열심히 기분을 풀어주려 했다.

누가 봐도 화가 난 시스티나와는 반대로 루미아의 표정은 한없이 부드럽고 온화했다.

"진정할 수 있을 리가 없잖아!"

시스티나는 같은 간격으로 늘어선 아치형 격자 창문에 손을 대고 세차게 고개를 돌려서 루미아를 바라보았다.

"뭐? 내키지 않으니까 오늘 수업은 이걸로 끝? 종 치려면 아직 20분이나 남았는데? 그 인간은 강사를 대체 뭐라고 생각하는 거야?!"

그녀가 화가 난 건 여느 때와 마찬가지로 학교의 어느 신입 마술강사— 글렌 때문이었다.

"그래도 예정된 수업 범위까지는 진도가 다 나갔고, 수업도 평소처럼 굉장히 이해하기 쉬웠는데…….”

“그런 문제가 아니라구! 마술학원의 강사답지 못한 낮은 의식 수준이랑 근무 태도가 문제란 말야!”

시스티나의 지적대로 글렌은 마술학원 최고의 문제 강사였다.

귀찮다고 학생들이 볼 시험을 미루지 않나, 마술 연구에도 의욕이 없지 않나, 강사 회의를 땡땡이치질 않나, 실험 후에는 뒷정리도 하지 않고 도망치질 않나, 몰래 학생들에게 위법 마술을 가르치질 않나, 게으르고 매사에 무책임한데다 어린애 같은 장난만 치질 않나, 그리고 마술을 바보 취급하는 수많은 문제 발언…… 이렇게 예를 들자면 한이 없을 정도였다. 그래서 선임 학원 강사 중 다수는 그런 글렌을 눈엣가시처럼 여겼다.

하지만 글렌은 어째선지 수업만큼은 성실하게 했다. 공교롭게도 그 수업의 질도 굉장히 뛰어났다. 그 유일한 장점이 간신히 그의 강사 생명을 부지해주고 있었지만…… 이것도 언제까지 버틸지는 알 수 없는 노릇이었다.

“진짜…… 그렇게 늘 똑바로 처신하라고 말했는데 사람 말을 귓등으로도 안 듣는다니까…… 정말이지!”

그런 게으른 불량 강사 글렌과 성실한 우등생 시스티나는 마치 물과 기름 같은 관계였다.

토라진 어린애처럼 툴툴거리는 글렌에게 시스티나가 시끄

럽게 설교하는…… 그런 광경이 이곳의 일상이었다.

실제로 시스티나는 조금 전에도 글렌과 대판 싸운 참이었다. 그녀가 현재진행형으로 흥분을 가라앉히지 못하는 건 그래서였다.

"루미아도 그 인간한테 뭐라고 좀 해. ……애초에 네가 응석을 받아주니까 더 저러는 거잖아."

하지만 그런 친우의 분기탱천한 모습을 앞에 두고서도 루미아는 온화한 미소를 지은 채 이렇게 말했다.

"후훗, 시스티는 글렌 선생님이 걱정되는 거구나?"

"뭐?!"

전혀 예상치도 못한 지적에 시스티나가 딱딱하게 굳었다.

"선생님이 이대로 계속 불성실한 모습만 보였다간 언젠가는 이 학교에서 쫓겨날지도 모르니까…… 그게 걱정이 돼서—"

"자, 잠깐! 루미아, 너, 역시 뭔가 착각하는 거 아니니?! 으응, 착각하는 거 맞지?! 틀림없어!"

단숨에 얼굴이 빨개진 시스티나는 큰 목소리로 황급히 부정했다.

"나, 난 딱히 그 인간이 어찌 되든 관계 없—"

"어라? 시스티는 선생님이 싫어?"

"싫어……하는 건, 아니지만……."

고개를 살짝 갸웃거리며 뜻밖이라는 루미아의 시선에서 도망치듯, 시스티나는 쩔쩔매면서 시선을 피하고 모호하게 중얼거렸다.

그렇다. 사실 시스티나는 글렌을 싫어하지 않았다. 그토록 무책임하고, 불성실하고, 게으르고, 글러 먹은 인간인데도 그녀는 도저히 글렌을 싫어할 수가 없었다.

왜냐하면 알게 됐으니까. 글렌이 사실은 어떤 인간인지를……. 지난달 학교에서 벌어진 어떤 사건을 통해 시스티나는 글렌이라는 청년의 진면목을 알게 되었다. 그러다 보니 이제는 진심으로 글렌을 싫어할 수 없었다.

"시스티가 선생님을 걱정해서 잔소리하는 건 이해하지만, 요즘은 너무 심했어."

"심했다구? 내가……?"

루미아는 고개를 끄덕이고 타이르듯 말했다.

"선생님이 저런 분이시라는 건 이제 다들 알고 있으니까 좀 너그럽게 봐주는 건 어떨까? 너무 시끄럽게 잔소리만 하다간 미움받을지도 몰라."

"……으……으으."

약간 냉정함을 되찾은 시스티나는 바로 몇 분 전에 자신이 내뱉은 언사를 돌이켜보았다.

확실히 루미아의 말이 맞을지도 몰랐다. 예전에는 한숨 한 번 쉬고 흘려 넘겼을 법한 사소한 일도 요즘에는 꼬치꼬치 따지고 든 것 같았다.

"으음…… 사실 요즘 왠지 안 좋은 일만 자꾸 일어나서……."

"안 좋은 일?"

"새로 산 노트에 누가 낙서를 하지 않나, 마술 실험 도중에 어느새 정신을 차리고 보니 내 머리카락에 룬 각인용 염색약이 묻어 있질 않나, 나중에 먹으려고 남겨둔 과자가 없어지질 않나……. 그래서 좀 짜증이 나 있던……걸지도……."

"아하하, 화풀이는 못써."

지당한 루미아의 말에 시스티나는 의기소침하게 고개를 숙였다.

"나중에 선생님께 사과하는 거다? 그보다 다음은 마도 전술론 실습이잖아? 지각하기 전에 서두르자."

루미아는 몇 걸음 앞으로 나가더니 그대로 몸을 돌려서 꽃처럼 활짝 웃었다.

'정말 못 당하겠어…….'

루미아는 겉으로는 매사에 느긋하고 위태위태한 것처럼 보여도 사실은 사물의 본질을 꿰뚫어 보는 통찰력의 소유자였다. 그래서 시스티나는 옛날부터 그녀에게 고개를 들지 못했다.

"후우."

한숨을 한 번 내쉬고 루미아의 뒤를 따라 걸었다.

'맞아……. 선생님은 마술을 정말 싫어하는데도 우리를 위해 수업만큼은 성실하게 해주시잖아? 조금은 너그럽게 봐주는 것도 나쁘지 않을지도. ……나도 좀 더 솔직하고 온화

하게…….'

"솔직하고 온화하게 할 수 있겠냐아아아아아아~!"

오늘 마도 전술론 수업을 할 예정이었던 교내의 안뜰에서 시스티나의 절규가 메아리쳤다.

그녀의 목소리를 빨아들인 하늘은 더없이 푸르렀고 기후도 온난해서 야외 수업을 하기에는 그야말로 최고의 날씨였지만—.

"다, 당신! 그, 그건 또 뭐예요!"

"응~?"

시스티나가 떨리는 손가락으로 가리킨 방향에 우두커니 서 있는 청년— 글렌이 천연덕스럽게 고개를 돌렸다.

"뭐야, 왜? 시끄러워, 하얀 고양이. 뭘 그렇게 당황하는 거야?"

여담이지만, 어째선지 글렌은 시스티나를 늘 『하얀 고양이』라고 불렀다. 그 이유를 아는 사람은 아무도 없었다.

"그, 그러니까 사람을 고양이 취급하지 말라고— 아, 진짜! 지금은 이런 소릴 하고 있을 때가 아니잖아요! 대체 뭐냐구요! 선생님의 몸을 휘감은 그건!"

글렌은 자신의 몸을 내려다보았다.

작은 통나무처럼 굵고 밧줄처럼 긴 뭔가가 글렌의 몸을 빙글빙글 휘감고 있었다. 끄트머리에 달린 삼각형은 위아래로 크게 찢어져 있었고, 그 찢어진 틈 사이에서는 끝이 갈라진 분홍색 혀가 힐끔힐끔 모습을 드러냈다. 의외로 눈망울이 귀여운 『그것』의 정체는—.

"뱀인데."

"그건 보면 안다구요! 전 왜 이런 곳에 그런 큰 뱀이 있는 거냐고 묻는 거거든요?!"

"오늘 수업에서 쓰려고."

글렌은 뭐가 문제냐는 듯 천연덕스럽게 내뱉었다.

'아, 또야…….'

시스티나는 두통을 느끼며 얼굴을 찡그렸다. 글렌은 이런 엉뚱한 짓을 태연하게 저지르는 남자였다.

"서, 선생님……. 그 뱀, 위험하지는 않나요?"

그렇게 말하며 걱정스러운 표정으로 조심스럽게 글렌에게 다가간 루미아는 이 반 학생 중에서도 상당히 용기가 있는 편이리라.

안뜰에 모인 학생들은 시스티나를 포함한 대부분이 큰 뱀의 모습에 겁을 먹고 멀찍이서 글렌을 에워싸고 지켜보기만 할 뿐이었으니까.

"혹시 독이라도 있으면……."

"안심하렴. 루미아."

글렌이 자신만만하게 말했다.

"요 녀석은 라나드 뱀이라고 하는데 학교 사육용으로 이미 독을 뺐고, 원체 얌전한 성격이라 어지간해선 사람을 물지 않아.”

“저기······.”

루미아는 난처한 표정으로 입을 열었다.

“······지금 물고 있는걸요? 선생님 머리를요.”

입을 크게 벌린 뱀이 글렌의 정수리를 마구 깨물고 있었다.

“······흠.”

몇 초간의 정적.

“끄아아아아아아아! 아파! 아파! 아파! 아파! 아프다고~!”

“서, 선생님?!”

글렌은 큰 뱀에게 머리를 덥석 물린 채로 파릇파릇한 잔디 위를 데굴데굴 구르면서 비명을 질렀다.

“잠깐, 야! 이 바보가! 진심으로 물지 마! 네 턱 힘은 진짜로 위험하다고! 장난 그만해! 장난은 그만 하세요! 장난은 삼가세요! 제발 장난은 그쯤 하시고—.”

뱀에게 점점 공손해지는 글렌의 모습을 학생들은 기가 막힌 눈으로 지켜보았다.

“······커억······ 으, 으극······ 너, 너 인마····· 조르기는····· 반······칙······.”

뱀이 자신의 긴 몸으로 조르는 건지 글렌의 몸에서 우두둑거리는 소리가 울리기 시작했다. 휘감은 몸통 사이로 삐져나온 팔도 꿈틀꿈틀 경련했다.

"하아…… 정말 바보라니까……."

시스티나는 한숨을 내쉬면서 뱀을 손가락으로 겨냥하고 주문을 영창하기 시작했다.

"허억~ 허억~ 쿨럭! 콜록! 죽는 줄 알았네……. 망할! 세리카 자식, 뭐가 얌전한 뱀이라는 거야?! 엄청나게 흉포하잖아!"

시스티나가 영창한 흑마(黑魔) 【쇼크 볼트】에 맞고 기절한 뱀에게서 풀려난 글렌은 땅바닥에 엎드린 채 필사적으로 호흡을 가다듬었다.

"저기요……. 바보 같은 짓은 그만하고 어서 수업이나 시작해주시면 안 될까요?"

시스티나는 설교하고 싶은 걸 필사적으로 억누르고 이 일은 그냥 흘려 넘기기로 결심했다. 그래. 이런 건 일상적인 일이니까…… 일일이 나무랄 문제도 아니다. 그래도 관자놀이가 부들부들 떨리는 건 어쩔 수 없었지만…….

"아, 응……. 그렇지. 시작해볼까. 오늘 수업의 테마는 『마술 전투에서의 독물 사용과 그 대처법』이다."

뱀도 기절했고 이제야 겨우 본제로 들어가자 학생들이 글렌의 주위로 모여들었다.

글렌은 안뜰에 준비해둔 삼각대가 달린 칠판을 세우고 분필로 오늘 수업의 테마를 적었다.

"마술사 간의 싸움…… 마술 전투. 시전자의 의도에 따라 폭염이 휘몰아치고, 벼락이 질주하며, 얼음 폭풍이 소용돌이치는 공격 주문. 그것을 때로는 다양한 대항 주문^{카운터 스펠}으로 막거나, 때로는 해제하고 반격 주문을 날리기도 하는, 찰나의 판단력이 생사를 가르는 자신의 지혜와 비술을 총동원한 치열한 성생…… 너희들이 이미지하는 마술 전투라는 건 대충 이런 거겠지."

칠판에 대충 개요를 적은 글렌은 학생들을 돌아보았다.

"틀리지는 않아. 하지만 눈에 보이는 화려한 주문에만 사로잡히는 마술사는 삼류다. 따라서 오늘은 마도전사(魔導戰史)상 마술 전투에서 막대한 전과를 남겨온 『독』에 관해 배워보기로 하겠다."

"흥. 독 같은 건 당하는 쪽이 바보 아닙니까?"

그렇게 말하면서 글렌의 말에 트집을 잡은 건 그가 맡은 학생 중 한 명인 안경을 쓴 소년, 기블이었다.

"마술의 독이라는 건 기본적으로 살포 계열 주문이니까 흑마 【에어 스크린】을 하나만 펼쳐두면 막을 수 있고, 만에 하나 독에 걸린다고 해도 백마(白魔) 【블러드 클리어런스】로 즉시 정화할 수 있잖아요? 독이 전과를 올렸다는 말을 전 도저히 믿을 수가 없습니다만?"

"뭐, 기블이 말한 대로다. 마술로 제조한 인공독을 다루는 주문이라는 건 시전자가 어지간한 실력자가 아닌 이상

결정력이 부족해. 그건 상식이지."

하지만 글렌은 자신 있게 웃었다.

"그렇지만 천연독이라면?"

"천연독?"

"그래. 독사나 독충 같은 생물이 선천적으로 지닌 천연독. 이건 마술로 제조한 인공독과 달리 해독 주문을 시전하려면 특정한 약제나 마술 촉매가 필요해. 이건 좀 버겁지 않을까?"

"난센스로군요. 마술 전투 중에 무슨 재주로 그런 천연독을 쓴다는 거죠? 설마…… 주사기에 독을 넣어서 던지기라도 하는 겁니까?"

기블은 바보 취급하듯 어깨를 으쓱였다.

하지만 글렌은 그런 기블을 재미있다는 듯 흘겨보면서 발밑에 설치해둔 뭔가를 발끝으로 살짝 찔렀다.

"예를 들면…… 이건 어떨까?"

글렌이 발끝으로 찌른 건 작은 유리 상자였다. 학생들이 뭔가 싶어서 다가가자 유리 상자 안에 아주 작은 뱀이 들어 있는 것이 눈에 들어왔다.

"쿠시나 뱀. 이건 진짜 독사다. 작지만 턱 힘이 강하고 독니도 날카로워. 어지간한 가죽 신발쯤은 간단히 관통하겠지. 뭐, 아무래도 위험한 놈이니까 밖으로 꺼내지는 못하겠다만."

진짜 독사라는 말을 들은 일부 학생이 유리 상자로부터 한걸음 물러났다.

　"자, 그럼 이걸 사역마로 삼아서 몰래 풀어놓고 마술 전투를 벌이는 도중에 상대의 발을 확…… 물어버리게 하면 어떨까?"

　글렌의 질문에 기블은 분한지 표정을 구겼다. 아마 이 전법의 유용성을 깨달은 것이리라.

　"아니, 그래도…… 이런 수법이 있는 걸 알았으니 사전에 해독 촉매를 준비해두면……."

　"야, 해독 촉매는 천연독의 종류에 따라 천차만별이라는 걸 잊었어? 그럼 넌 고려할 수 있는 모든 종류의 촉매를 싸들고 마술 전투를 치르겠다는 거야? 다른 쓸모 있는 마도구(魔道具)를 포기하면서까지? 애당초 주문으로 공격하는 적이 바로 눈앞에 있는데 해독은 또 언제 할래?"

　"윽……."

　"애초에 네가 말한 방법대로라면 뱀을 다른 색으로 칠해서 무슨 뱀인지 모르게 하면 촉매를 고를 수조차 없게 돼. 그리고 또 백마술과 연금술로 품종 개량된 뱀이라면 어쩔래? 과연 기존의 해독 촉매가 효과가 있기는 할까?"

　"큭…… 애당초 그런 뱀이 있다면 보통은 누구나 눈치채는 게 당연……."

　"그래~? 난 다들 큰 뱀에 정신이 팔려서 아무도 이 작은 뱀이 있는 줄 몰랐던 거로 기억한다만~?"

결국 기블은 찍소리도 낼 수 없었다.

글렌의 말을 들은 학생들도 모르는 사이에 발밑에서 기어오는 작은 독사의 모습을 상상했는지 몇몇은 화들짝 놀라며 자신의 발밑을 확인했다.

"뭐, 이런 건 지극히 초보적인 수법이지. 요즘 프로 마도사 중에 이런 수법에 걸려들 얼간이는 없어. 하지만 말이다. 그런데도 독을 전문으로 쓰는 마술사들은 이런저런 다양한 수단을 동원해서 자신의 적을 독살해왔어. 이 세상의 신비를 극한까지 탐구했다는 마술사가 딱히 신기할 것도 없는 평범한 독 한 방울에 패배한 예시는 수두룩하게 많아."

그리고 글렌은 일동을 손가락으로 가리키며 자신 있게 선언했다.

"그런 고로 마술 전투에서 쓰이는 독과 그 대처법을 숙지하는 건 마술사에게 아주 중요하다는 뜻이다. 장래에 마도관료가 되고 싶다면 필요 없는 지식이겠지만, 혹시 제국 궁정 마도사단을 목표로 삼은 별난 놈이 있다면 들어둬서 나쁠 건 없겠지."

시스티나는 변함없이 훌륭한 글렌의 수완에 속으로 혀를 내둘렀다. 그는 고작 말 몇 마디로 독에 대한 지식이 마술 전투에서 얼마나 중요한지 학생들에게 통감시킨 것이다.

다른 강사였다면 마술로 제조한 인공독이 아니라 천연독

을 쓰는 건 마술사답지 못한 부끄러운 짓이라고 가르치지는 않았을까? 하지만 글렌은 아니었다. 그의 가르침은 어디까지나 실전 지향적이었다.

"그렇구나……."

시스티나는 감탄한 듯 중얼거렸다.

"그래서 선생님은 일부러 이런 큰 뱀을 가져오신 거군요? 저희에게 독의 중요성을 가르쳐주시려고……."

"응? 딱히 그런 건 아닌데?"

하지만 글렌은 시스티나의 말을 바로 부정했다.

"독의 무서움을 가르치는데 까놓고 말해 이런 큰 뱀은 필요 없지."

예상치 못한 반응에 시스티나는 고개를 크게 갸웃거렸다.

"아니, 조금 전에도 말했잖아? 이건 사육용으로 독을 뺀 놈이라고. 그런 게 독을 가르치는 수업에서 대체 무슨 도움이 되겠어?"

글렌은 잔디 위에 늘어져 있는 뱀을 들고 시스티나에게 내밀었다.

그러자 시스티나는 뺨을 움찔거리더니 한 걸음 물러나면서 큰 소리로 외쳤다.

"그, 그럼! 선생님은 대체 왜 그런 큰 뱀을 일부러 수업에 가져오신 거죠?!"

"훗…… 아직도 모르겠냐? 그야 뻔하잖아?"

글렌은 당당하게 가슴을 펴고 말했다.

"젊고 아리따운 소녀들이 무서워서 벌벌 떠는 모습을 보고 싶어서다!"

"그런 말 같지도 않은 이유로요?!"

시스티나는 자기도 모르게 머리를 부둥켜안고 소리쳤다.

"이야~ 사실 너희가 오기 전에도 말이다~. 린이나 웬디도 그렇고 다들 꺅꺅거리며 무서워하더라고~. 훗…… 하마터면 이상한 취향에 눈 뜰 뻔했지 뭐냐."

글렌은 신사처럼 시원스럽게 웃었다.

"그 입 다물어요! 이 변태! 변태!"

시스티나는 주먹을 단단하게 쥐고 어깨를 들썩이면서 날카롭게 외쳤다.

—아, 이 흐름은…….

그 순간 학생들의 속마음이 완벽하게 일치했다.

"이젠 못 참아! 오늘은 한소리 해야겠어요! 당신은 긍지 높은 알자노 제국 마술학원의 마술강사라는 자각이 없는 건가요?! 잘 들으세요. 당신의 그 방약무인한 태도는 우리 학교의 품위를—"

"시, 시끄러! 왜 내가 너한테 그런 소리까지 들어야 하는 건데! 그냥 냅두라고, 바보!"

—아아, 역시나.

완전히 예상했던 대로 상황이 흘러가자 두 사람을 멀리서 지켜보고 있던 학생들이 기가 막힌 듯 한숨을 내쉬었다.

하지만 동시에 의문을 느꼈다.

평소였다면 시스티나가 글렌에게 바짝 몰아붙인 후, 뜨거운 설교와 꼴사나운 변명의 배틀을 시작했을 텐데 오늘은 왠지 평소와 구도가 조금 달랐다.

시스티나는 글렌에게 접근하려 하지 않았다. 조금 먼 곳에서 시끄럽게 설교만 할 뿐이라 평소 같은 박력이 없었다.

"……응?"

글렌도 위화감을 느꼈는지 의아한 듯 눈을 가늘게 뜨고 시스티나를 빤히 쳐다보았다.

"뭐, 뭐예요……!"

따지는 기세에도 평소 같은 날카로움이 없었다.

"흐~음?"

잠시 생각에 잠겨서 입을 다문 글렌은 갑자기 시스티나와 자신이 손에 든 큰 뱀을 번갈아 보더니 뭔가를 눈치챈 모양이었다.

"호오~? 혹시 너……."

히죽 웃으면서 손에 든 큰 뱀을 시스티나에게 가까이 들이밀었다.

"히익?!"

그러자 조금 전까지의 기세는 어디로 갔는지 시스티나는 새파랗게 질린 얼굴로 한걸음 물러났다.

"훗, 끝내주는 반응이군. 우리 반 애들 중에서도 최고의 반응이야. 그렇다는 건…… 하얀 고양이, 너. 뱀이 무서운 거지!"

"뭐, 뭐, 뭐라구요?! 저, 저는, 따, 딱히, 그런—."

시스티나는 눈동자를 이리저리 굴리면서 말을 더듬거렸다. 참 알기 쉬운 반응이었다.

그녀의 약점을 간파한 글렌은 한순간 이겼다는 듯 사악하게 웃더니…….

"이야~ 확실히 하얀 고양이, 네 말대로야. 내가 좀 우쭐했나 봐……. 반성하마."

갑자기 고분고분한 태도로 시스티나에게 다가갔다. 물론 양손에 큰 뱀을 든 채로…….

"히, 히이익?!"

시스티나는 반사적으로 뒷걸음질 치려 했지만 아무래도 다리가 움츠러든 모양이었다. 생각보다 많이 물러나지 못하는 대신 뱀을 든 글렌이 점점 가까이 다가왔다.

"넌 항상 날 위해 충고해줬는데도 난 지금까지 제대로 들으려 하지도 않다니…… 젠장! 긍지 높은 마술학원의 강사로서 부끄러울 따름이야!"

"아으…… 아, 아앗……?!"

"이제 와서 말하긴 그렇다만 우리, 화해할 수는 없을까?"

글렌은 손을 내밀었다. 그 팔에 고의로 뱀을 칭칭 감고서 .

"네가 이 손을 잡고 악수해준다면 난…… 내일부터 성실해질 수 있을 것 같아."

반짝반짝 빛이 나는 듯한 미소. 진짜 뻔뻔하기 짝이 없었다.

"아으, 아으, 아으…… 배, 뱀은…… 그……그만……."

글렌이 다가왔다.

뱀과 함께 가까이—.

"슬프네……. 난 이렇게 반성하면서 너와 양호한 관계를 쌓으려고 진심으로 부탁하는 건데……. 역시 넌 거절하겠다는 거야?"

"그, 그, 그러니까 뱀은……!"

"응? 뭐라고? 잘 안 들리는데~?"

귀에 손을 대고 다가온다.

"제, 제발…… 가, 가까이 오지……."

"이상하네~? 잘 안 들리는걸~? 내 귀가 이상해졌나~?"

한 걸음 더 다가온다.

점점 다가온다.

뚜둑뚜둑하고 시스티나의 안에서 뭔가가 한계를 넘은 듯한 소리가 한 번, 또 한 번 들렸다.

"오지 마요……."

"응? 응? 뭐라고? 안 들리—."

"가, 가까이 오지 말라구요오오오!"

그리고 마침내 시스티나의 인내심이 한계를 돌파했다.

"《위대한 바람이여》!"

가까워지는 뱀의 모습에 반쯤 공황상태에 빠진 그녀는 글렌에게 손을 내밀고 한 소절로 주문을 영창했다.

"잠깐, 너—."

카운터 스펠을 쓸 틈도 없었다.

경악하는 목소리조차 지워버리듯 시스티나의 손바닥에서 발생한 국소적인 돌풍이 글렌의 몸을 정면에서 후려쳤다.

"끄아아아아아아아아아~?!"

한심한 비명을 지르며 날아간 글렌은 지면에 세차게 내동댕이쳐졌다. 그리고 몇 번이나 퉁퉁 몸을 튕기면서 굴러가더니, 마지막에는 안뜰에 심은 나무와 격돌한 후 침묵했다.

"너…… 느닷없이 【게일 블로】는…… 너무 심하잖아……. 이, 이렇게까지 하기야……?"

충격이 커서 제대로 일어설 수조차 없는 듯했다. 글렌은 안뜰을 가로지르는 자갈길 위에 대자로 엎드려서 꿈틀꿈틀 경련했다.

"시끄러워요! 이 바보! 저질!"

시스티나는 눈물이 고인 눈을 하고 큰 목소리로 글렌을 매도했다.

루미아는 그런 친구를 어떻게 달래야 좋을지 몰라 뒤에서 당황하고 있었다.

"맨날 맨날 바보 같은 장난만 치고! 당신 따윈 그러다 언젠가 정말 소행 불량으로 잘리든지 맘대로 해요!"

마술로 글렌을 때려눕혔는데도 아직 속에서 부글거리는 화가 가라앉지 않았다.

시스티나는 무의식적으로 다리를 뒤로 들어서 발밑에 있는 적당한 돌멩이를 걷어차려 했지만—.

"시스티?! 아, 안 돼!"

"응?"

루미아가 말렸지만 늦었다. 뒤로 들어 올린 시스티나의 발은 거친 감정을 그대로 드러내며 앞으로 휘둘러졌고—.

쨍그랑!

단단하면서도 무른 뭔가가 깨지는 소리가 났다.

"……쨍그랑?"

이 자리에 있는 것 중에 그런 소리를 내면서 깨질 법한 물건은—.

"으, 으아아아아아아?!"

"꺄아아악! 독사가! 독사가 도망쳤어요!"

가장 먼저 상황을 파악한 다른 학생들이 개미처럼 뿔뿔이 흩어졌다.

새파랗게 질린 시스티나는 녹슨 태엽 같은 움직임으로 발밑에 시선을 내렸다.

그곳에 있는 건 깨진 유리 상자 안에서 빠져나온 작은 독사의 모습.

"~~~~?!"

그 순간 시스티나의 머릿속이 공포에 질린 나머지 새하얗게 물들었다.

"시스티! 위험해! 달아나!"

루미아의 경고는 늦었다.

덥석!

작은 독사가 예상외로 재빠르게 움직이더니 시스티나의 발을 물었다.

날카로운 독니가 시스티나의 가죽 구두를 간단히 관통하자 마치 불에 달군 철에 닿은 것 같은 강렬한 통증이 엄습했다.

"아…… 아아앗……?!"

즉효성 독이었던 것일까. 작열통이 물린 장소에서 혈류를 타고 단숨에 온몸으로 퍼졌다. 바로 가슴이 터질 것처럼 크게 뛰어서 숨이 가빠진 시스티나는 자신의 의식이 어둠 속으로 가라앉는 것을 자각했다.

더는 서 있을 수 없었다. 갑작스러운 부유감과 동시에 바닥이 시야를 한가득 메우며 가까워졌고―.

"시, 시스티?! 누……눈을 떠!"

바닥에 엎드린 시스티나는 몽롱한 의식 속에서 울 것 같은 목소리로 자신을 부르는 친우의 목소리와―.

"이……이 바보가! 젠장! 야! 정신 차려!"

누군가가 어지간해선 들을 수 없는 초조한 목소리로 고함을 지르며 자신의 몸을 안아 든…… 그런 느낌이 들었다.

알자노 마술학원의 의무실.

마술교수 세리카 아르포네아는 하얀 침대 위에 실이 끊어진 인형처럼 누운 시스티나를 침통함과 체념이 가득한 표정으로 내려다보고 있었다.

"이제…… 틀린 거야?"

"그래."

초췌해진 글렌의 물음에 세리카는 감정을 드러내지 않은 목소리로 긍정했다.

"야, 농담하지 마. 넌 대륙에서 다섯 손가락 안에 드는 제7계제 마술사잖아? 어떻게 좀 해봐……. 어떻게든 해달라고!"

글렌은 필사적인 얼굴로 세리카의 두 어깨를 붙잡고 애원하는 시선을 보냈다.

챙!

그 기세로 떠밀린 세리카의 등이 다양한 약병이 늘어서 있는 유리 선반에 닿았다.

"……셉텐데가 인간을 그만둔 마술사라고는 해도…… 신은 아니야. 죽은 사람은…… 구하지 못해."

하지만 세리카는 힘없이 고개를 저었다.

"제기랄……! 빌어먹을!"

세리카의 어깨를 놓은 글렌은 답답한 심정을 견디지 못하고 의무실의 새하얀 벽을 주먹으로 쳤다.

　그런 비통한 글렌의 모습에 세리카는 마지못해 제안했다.

　"딱 한 가지, 그녀를 구할 방법이 있어."

　"진짜?!"

　갑자기 내려온 광명에 글렌은 화들짝 놀라며 세리카를 돌아보았다.

　하지만 그녀의 표정은 여전히 좋지 않았다.

　"그게 무슨 방법인데! 가르쳐줘! 세리카!"

　"그건 말이다, 글렌. 네 목숨이다."

　"……내, 목숨……?!"

　경악한 글렌은 눈을 부릅떴다.

　"기적에는 대가가 필요해. 글렌…… 너는 그녀를 구하기 위해 자신의 목숨을 바칠 각오가 되어 있어?"

　세리카의 무거운 질문에 글렌은 잠시 입을 다물었다.

　하지만 곧 침대에 누워 있는 시스티나에게 투명하고 따뜻한 시선을 보내며 입을 열었다.

　"이 녀석은…… 나와 달리 미래가 있어."

　"……글렌."

　"그래. 이 녀석의 미래를 위해서라면…… 얼마든지 가져가! 내 목숨을!"

　각오를 굳힌 표정으로 세리카를 똑바로 바라보았다.

"그 말을…… 듣고 싶었다."

애제자의 흔들림 없는 각오와 숭고한 자기희생을 직면한 세리카는 감동한 나머지 눈가를 닦았다.

"멋대로 사람을 죽이지 마세요!"

그러자 결국 인내심이 한계에 달한 시스티나가 벌떡 일어나면서 항의했다.

"아, 안 돼! 시스티! 안정을 취해야지!"

침대 옆에 앉아 있던 루미아가 다시 눕히려고 했지만 흥분한 시스티나는 말을 들으려고 하지 않았다.

"애초에 아르포네아 교수님까지 뭐하시는 거냐구요! 그 촌극은!"

"음, 그게, 뭐랄까…… 그냥 분위기상?"

세리카가 아무렇지 않게 대답하자 시스티나는 현기증을 느꼈다.

"내 목숨을 대가로 소녀를 구해다오……. 인생에서 한 번쯤은 말해보고 싶은 대사지."

"이해한다, 글렌. 로망이지."

"시끄러워요! 이 만담 사제 콤비!"

세리카는 마술학원의 교수이자 글렌의 마술 스승이기도 했다. 최근에는 시스티나와 루미아도 글렌을 통해 그녀와 접할 기회가 많아졌지만…… 어째 알면 알수록 『쿨한 강철의 미녀』라는 선입견이 하나씩 떨어져 나갔다. 결국 이 둘은 근본적으로 닮은꼴 사제지간인 것이다.

"으…… 으으…… 또 기분이……."

화를 낸 탓에 일시적으로 나아졌던 증상이 악화한 건지 시스티나는 기분이 안 좋은 듯 고개를 숙였다.

"뭐, 고작 수업에서 쓰는 독사다. 사람이 죽을 정도의 독은 아니야. 하지만 불행하게도 지금은 그 뱀의 독을 해독하는데 쓰는 촉매가 다 떨어진 참이다."

"그럴 수가……."

"촉매를 쓴 해독 마술을 시술받지 못했으니 발열, 권태감, 구역질, 두통, 손발의 저림 등과 같은 증상으로 한 일주일쯤 고생하겠지. 가끔 체질 때문에 용태가 급변해서 사망할 수도 있다만…… 이건 지극히 드문 경우야. 누워 있다 보면 조만간 나을 거다."

"예?! 용태가 급변하는 경우도 있다니…… 저기…… 그 촉매는 시장에서 못 구하나요?"

루미아가 걱정스러운 얼굴로 세리카에게 질문했다.

"이 시기에는 어렵겠지. 촉매는 밤에 빛나는 『루라트 초』라는 건데, 계절 관계상 시장에는 물건이 없을 거다."

"……그런가요."

"마술학원 부지의 북쪽에 있는 『미궁의 숲』에 가끔 자생할 때도 있다만…… 무리겠지. 최근에는 발견했다는 보고도 없었으니까. 일부러 밤에 찾으러 가야 하는 것도 번거로워.

뭐, 한동안 안정을 취하고 있다 보면 나을 거다."

세리카는 이제 할 말은 다 했다는 듯 냉큼 의무실을 나갔다.

이제 의무실 안에는 독 때문에 열이 나서 가쁜 숨을 내쉬는 시스티나와, 그런 그녀를 걱정스럽게 지켜보는 루미아, 그리고 거북한 표정으로 뺨을 긁는 글렌만 남았다.

"으으…… 머리가 뜨거워……. 아파……. 몸이 무거워……. 괴로워……. 속이 메스꺼워……."

"시스티…… 힘내……."

루미아는 비통한 표정으로 끙끙대는 시스티나의 손을 강하게 잡아 주었다.

"뭐, 그렇게 된 거다. 하얀 고양이, 일주일 동안 힘내라."

글렌은 어깨를 으쓱인 후 무책임한 태도로 시스티나를 격려했다.

"저기……요……. 누구 탓으로…… 이렇게 된 줄……."

"그거야 네 탓이지. 누가 상자를 발로 차서 깨트리래?"

"큭……. 그건…… 그렇지만……."

"선생님?"

루미아가 시선을 돌리자, 글렌은 웬일로 제대로 소매에 팔을 넣어서 입은 로브를 펄럭이며 의무실을 나가려 했다.

"뭐, 이걸로 일주일간 네 설교를 안 들어도 된다고 생각하니 나쁘진 않군."

"큭…… 말을 해도 꼭……. 나, 나중에 두고 보자구요……!"

"후하하! 난 벌써 다 잊었거든?"

그렇게 말을 남긴 글렌은 빠른 걸음으로 의무실을 나갔다.

그날 밤.

교복으로 갈아입은 루미아는 한 가지 결심을 하고 몰래 학교에 숨어들었다.

목표는 학교 부지 북쪽에 있는 통칭『미궁의 숲』. 당연히 목적은 친우를 위해 해독용 마술 촉매인『루라트 초』를 찾는 것이다.

미궁의 숲에는 위험한 마수가 서식하니까 위험하다든가, 일반 학생은 출입금지라든가, 촉매를 입수하지 못할지도 모른다든가 같은 건 관계없었다.

친우가 지금도 괴로워하고 있다. 그렇다면 자신은 그녀를 위해 할 수 있는 일에 전력을 다 할 뿐.

사실 루미아는 얌전해 보이는 외모나 분위기와 달리 이런 무모한 구석이 있는 소녀였다.

학교 안을 몰래몰래 이동한 루미아는 마침내 울창한 침엽수가 우거진 미궁의 숲 입구에 도착했다.

"……으. 역시 무섭네……."

희미하게 안개를 두른 고목들의 모습은 마치 마물들이 춤을 추는 것처럼 보였다. 그 사이사이로 보이는 어둠은 심연과 이어진 것 같았다. 싸늘한 밤공기가 고요함을 연출했고 가끔 들리는 부엉이의 낮은 울음소리, 코를 찌르는 식물 특유의 냄새가 이 건너편이 이계(異界)라는 사실을 강하게 자각시키며 루미아의 불안감을 부채질했다.

"에잇! 어떻게든 되겠지!"

다시 기합을 넣은 루미아는 각오를 굳히고 숲으로 진입했다. 약간 눅눅한 흙과 잡초와 이끼를 밟으며 정비되지 않은 길을 굳센 의지로 나아갔다.

'나도 마술사야. 작은 위험쯤은 스스로 극복해야 해.'

루미아는 자신을 타이르며 손끝에 깃든 마술의 불빛을 조명 삼아서 숲을 탐색하기 시작했다.

루미아의 가장 큰 오산은 숲속에 도사린 위험이, 결코 작은 위험이 아니었다는 점이었다.

"하아……! 하아……!"

비명을 지를 여유도 없이 큰 나무를 등진 채 퇴로를 차단당했다.

루미아는 전방의 어둠을 응시했다. 다시 『그것』의 존재를 확인하고 심장이 짓눌려 터질 것 같은 두려움이 샘솟았다. 자신에게 서서히 다가오는 죽음의 기척을 피부로 강하게 느끼자 머리가 어질어질해졌고 숨이 막혔다. 온몸에서 마치 폭포처럼 땀이 흘러나왔다.

부성한 나무들을 세로로 분단하는 어둠의 단편 너머, 형형하게 눈을 빛내며 등골이 서늘해지는 으르렁거림과 함께 천천히 다가오는 『그것』. 날카로운 발톱과 가지런히 늘어선 이—.

새도 울프. 미궁의 숲 가장 안쪽에 서식하는 늑대형 마수이자, 루미아의 힘으로는 감당할 수 없는 위험한 존재였다.

'으으…… 어쩌지? 어쩜 좋아?'

이 늑대와 처음 조우했을 때 루미아는 냉정하게 어설트 스펠을 써서 쫓아버리려 했다. 하지만 섣불리 공격을 가한 것이 오히려 화가 됐다.

루미아는 육체와 정신을 다루는 백마술에는 능통하지만 운동과 에너지를 다루는 흑마술— 즉, 어설트 스펠 전반에는 약한 편이었다. 흉포하고 영리한 늑대는 루미아가 결코 자신의 적수가 되지 못한다는 사실을 눈치채고 말았다.

늑대는 루미아에 대한 인식을 경계 대상에서 사냥감으로 바꾸고 끈질기게 쫓아왔다.

"뇌…… 《뇌정이여·자전의 충격으로·쓰러트려라》……!"

루미아는 흑마 【쇼크 볼트】를 세 소절 주문으로 영창했다.

그녀의 손끝에서 발생한 미약한 전류가 어둠 속에서 빛나는 눈동자를 향해 날아갔다.

하지만 늑대는 여유 있게 주문을 피하더니 다시 루미아를 서서히 몰아넣었다. 아까부터 계속 이런 상황이 반복됐다.

'하아…… 하아…… 이젠 틀렸어……. 더는 마력이…… 마나 바이오리듬도 흐트러져서…….'

마술의 연속 발동으로 심신이 피폐해진 루미아가 결국 한계에 도달했다.

그리고 그 사실을 민감하게 눈치챈 것이리라.

"워오오오오오!"

늑대가 무시무시한 소리로 울부짖으며 단숨에 달려들었다.

하지만 루미아에게는 주문으로 맞설 여력이 남아있지 않았다.

맥없이 찾아온 최후의 순간, 그녀는 눈을 질끈 감고 고개를 돌렸다.

'미안, 시스티……!'

발톱이, 송곳니가, 인정사정없이 루미아의 부드러운 살갗을 노리고 닿으려던 순간—.

《사나운 뇌제여·극광의 섬창으로·꿰뚫어라》!"

세 소절 영창이 메아리치며 한 줄기 빛이 숲의 어둠을 가로질렀다.

"깨애앵!"

그 빛은 늑대의 몸을 간단히 관통했다. 그리고 곧 전기가 튀자 늑대는 그대로 감전사했다.

"이, 이건……."

흑마【라이트닝 피어스】. 뛰어난 관통력을 자랑하는 한 줄기 전격으로 적을 쏴 죽이는 강력한 군용 어설트 스펠이었다.

"……무사해? 루미아."

눈을 깜빡이는 루미아 앞의 숲속에서 천천히 모습을 드러낸 것은…… 어둠 속에서 빛나는 마술의 불빛을 손끝에 띄운 심기가 언짢은 얼굴은…….

"글렌 선생님?!"

어두운 숲속에서 공포와 불안에 잠겨 있었던 루미아는 감격해서 글렌에게 달려갔다.

"선생님! 선생님! 고마워요! 선생님 덕분에―."

"흠!"

하지만 루미아를 기다리고 있었던 건 따뜻한 포옹이 아니라 딱밤이었다.

"아, 아파요……."

루미아는 울상이 돼서 이마를 손으로 눌렀다.

"멍청아! 너, 한밤중에 이런 데서 대체 뭘 하는 거야!"

지극히 당연한 글렌의 설교에 루미아는 의기소침하게 고개를 숙였다.

"학교의 높으신 분들이 항상 입이 부르트도록 주의를 줬잖아?! 이 숲은 일반인이 들어와도 되는 곳이 아니야! 참나, 내가 없었으면 넌 지금쯤 저 견공의 배 속에 있었을 거라고. ……투덜투덜."

"그, 그치만…… 전 꼭 시스티를 도와주고 싶어서…… 일주일이나 저 상태로 있는 건 불쌍하니까…… 그리고 용태가 급변해서 죽을 수도 있다는 말까지 듣고 나니 도저히 가만히 있을 수가 없어서……."

"그래서? 너도 그 촉매를 찾으러 왔다는 거냐……. 나 원 참, 무모하고 사람이 착한 것도 정도가 있지. 너한테 무슨 일이 생기면 하얀 고양이가 슬퍼할 거라는 생각은 못 한 거야?"

"그건……."

더는 반론할 말이 없었다.

하지만 조금 신경 쓰이는 점이 있었다.

"어? ……너도?"

그러고 보니 글렌은 왜 이런 곳에 있는 것일까.

어떤 결론에 도달한 루미아는 화가 난 것을 숨기려 하지 않는 글렌에게 질문했다.

"선생님……. 너도, 라는 게 무슨 뜻인가요?"

"……으."

아무래도 핵심을 찌른 모양인지 글렌은 노골적으로 시선을 피하며 입을 다물었다.

"혹시…… 선생님도 시스티가 걱정돼서 촉매를 찾으러 오신 건가요?"

"아, 아니, 아니거든?! 내가 그 건방진 하얀 고양이 때문이 그런 귀찮은 일을 할 리가 없잖아!"

황급히 부정하는 글렌을 보고 흐뭇한 기분이 든 루미아는 무심코 웃음을 터트리고 말았다.

"내, 내가 여기 있는 이유는 말이다……. 그게…… 뭐랄까, 그거야! 산책이었어! 산책!"

"이런 한밤중에요?"

"이런 한밤중에!"

"이런 데서요?"

"이런 데서 말이지!"

글렌은 누가 들어도 변명으로밖에 들리지 않는 변명을 줄줄이 늘어놓았다.

"그, 그리고…… 운 좋게 그 촉매를 찾는다면 그, 그거야! 분명 비싸게 팔리겠지? 마침 용돈 벌이로 괜찮겠다 싶었거든! 그뿐이야! 그뿐!"

한차례 변명을 쏟아낸 글렌은 등을 돌리고 숲속으로 빠르게 걸음을 옮겼다.

"그보다! 루미아, 넌 촉매를 찾으러 온 거지? 여기서 혼자 돌려보내는 것도 위험하니까 어쩔 수 없이 바래다주마! 내 평소 산책 루트에 촉매가 있으면 참 다행이겠네!"

그 말을 끝으로 성큼성큼 걸어갔다.

"정말…… 솔직하지 못하시긴."

루미아는 한없이 어린애 같은 글렌을 흐뭇하면서도 믿음직한 눈으로 바라보며 그의 등을 쫓아갔다.

그 후로 두 사람은 해독 촉매를 찾으려고(글렌은 끝까지 산책이라고 주장했지만) 숲속을 돌아다녔다.

도중에 숲에 서식하는 마수들에게 몇 번이나 습격을 받았지만 그때마다 글렌의 군용 마술에 간단히 격퇴당했다.

　글렌의 최단 영창 소절 수는 세 소절. 마술사로서는 지극히 평범한 수준이라 겉치레로도 뛰어나다고는 할 수 없었다.

　하지만 글렌은 예측력과 상황 판단력이 완벽했다. 늘 두, 세수 앞을 예상하고 주문을 쓰는 솜씨는 마치 역전의 마도사를 방불케 했다.

　'아니야……. 선생님은 실제로…….'

　극도의 마술 혐오자로 알려진 글렌. 그런 글렌이 누구보다도 탁월한 마술 솜씨로 적을 배제하는 모습은, 그의 처절한 과거의 일부를 알고 있는 루미아의 눈에는 왠지 안타깝게 보였다.

　그 순간—.

　"……루미아, 피곤해?"

　생각에 잠겨서 입을 다문 루미아의 상태가 이상하다고 느꼈는지 글렌은 걸음을 멈추고 그녀를 돌아보았다.

　"아뇨, 아무것도 아니에요."

　"……."

　글렌은 황급히 고개를 젓는 루미아를 지그시 응시했다.

　"……역시 좀 쉬자."

　그리고 갑자기 그런 말을 꺼냈다.

　"예?"

"그렇다곤 해도 페지테의 밤은 계절과 상관없이 쌀쌀하니까 그냥 서 있으면 추위에 체력을 빼앗길 뿐이겠지……. 아무리 그 교복에 기온 조절 마술이 영속 부여됐어도 방한 능력에는 한계가 있으니…… 어쩔 수 없군. 조금 귀찮지만 지금 불을 피우마. 잠시만 기다려."

"자, 잠깐만요! 선생님!"

바로 주위를 살피며 마른 나뭇가지를 찾기 시작한 글렌에게 루미아가 황급히 이의를 제기했다.

"응?"

"저, 전 아직 괜찮아요! 그러니까 선생님은 신경 쓰지 마시고……."

"바~보. 피곤한 건 나거든?"

그런 퉁명스러운 대답이 돌아왔지만 아무리 봐도 거짓말이었다.

그가 숲길을 걷는 데 익숙하지 않은 루미아를 배려했다는 건 아무리 둔감한 사람이라도 알아차릴 수 있으리라.

'선생님도 참…….'

글렌의 이런 서투른 배려에 미안한 기분이 들었지만 동시에 기쁘기도 했다.

삐뚤어졌고 솔직하지 못하지만 사실은 누구보다 다정한…… 그런 글렌의 모습에 절로 미소가 지어질 따름이었다.

"……그럼 저도 도와드릴게요."

루미아는 입가에 감출 수 없는 미소를 띠면서 아기 새처럼 글렌의 뒤를 졸졸 따라다니며 마른 나뭇가지를 주웠다.

　마른 나뭇가지를 모아서 마술로 불을 붙였다. 그러자 곧 밤의 숲을 농밀하게 에워싼 어두운 커튼 일부에 타닥타닥 소리를 내면서 붉게 타오르는 모닥불이 피어올랐다.
　루미아에게는 저 불이 이 심연의 이계 안에서 유일하게 인간에게 허락된 생명의 등불처럼 느껴졌다.
　일렁이는 불꽃이 숲에 기괴한 음영을 드리웠다. 그 흔들리는 그림자가 마치 끔찍한 마물들처럼 보이기도 했다.
　"참 나, 그런 가벼운 차림으로 밤에 숲속에 들어오지 말라고……. 멍청한 녀석. 추위 이전의 문제잖아……."
　루미아는 글렌에게 빌린 야외 탐색용 두꺼운 외투를 입고 모닥불 앞에 쪼그려 앉아서 일렁이는 불꽃을 가만히 바라보고 있었다.
　멈춰 있으면 몸을 안쪽부터 좀먹는 듯한 밤의 추위 속에서 따스하게 타오르는 불꽃의 편안한 온기를 뺨으로 느끼며 멍하니 있자―.

　일정하고 완만한 리듬으로 몸이 흔들렸다. 마치 흔들리는 요람에 누워 있는 아기가 된 것 같은 기분.
　"……어, 라?"

어느새 정신을 차리고 보니 몸은 분명 따스한 온기를 느끼고 있는데도 그 온기를 나누어줘야 할 모닥불이 어디론가 사라진 상태였다.

"……깼어? 루미아. 미안, 느긋하게 쉬다간 날이 밝을 테니까."

"저…… 잠든 건가요……? 어?"

루미아는 잠이 깨서 멍한 머리로 현재 자신의 상황을 천천히 파악하고 이해했다.

"익숙하지 않은 숲 탐색에 마술의 연속 사용……. 역시 너, 네 생각보다 지쳤던 거야. 뭐, 무리도 아니겠지. ……온실에서 자란 네가—."

"서, 서, 선생님?!"

늘 마이페이스인 루미아치곤 드물게 뒤집어진 목소리로 외쳤다.

이제야 눈치챘다.

지금, 자신이 어디에 있는지를…….

어느새 잠이 든 자신은 글렌의 등을 바짝 끌어안고 업혀 있었다.

그는 루미아를 업은 채 담담하게 숲속을 걷고 있었다.

"아……아앗?!"

당연히 글렌의 몸과 완벽한 밀착 상태였다. 조금 전까지 잠결에 느낀 기분 좋은 온기의 정체를 깨달은 루미아는 머리에서 수증기가 피어오를 정도로 당황했다.

"저, 저기…… 내려주세요! 선생님! 전 이제 괜찮아요!"

폐를 끼치고 말았다는 죄책감과 부끄러움 때문에 그렇게 애원했지만—.

"거짓말하지 마. 괜찮을 리가 있겠냐. 너, 꽤 무모하게 마술을 쓴 모양이지? 하마터면 마나 결핍증을 일으킬 뻔했다고?"

"그, 그치만……!"

"그런 건 쉴 때 한 번에 몰려온다고. 내가 예상하기론 넌 아직 몸에 힘이 들어가지 않을 거야. 조금만 더 얌전히 있어."

"그, 그건……."

빠르게 맥박 치는 가슴의 고동, 뜨거워진 머릿속이 빙글빙글 도는 상황 속에서 루미아는 간신히 자신의 몸 상태를 확인했다.

글렌에게 업혔다는 사실에 놀라서 눈치채지 못했지만…… 확실히 그의 지적대로 몸이 납덩이처럼 무거웠고 팔다리에 힘이 들어가지 않았다.

이런 상태로는 글렌의 등에서 내려와 봤자 제대로 걷지도 못하리라. 걸림돌이 될 뿐이다.

"그……그러네요. 선생님께서 말씀하신 대로인 것 같아요……. 저기…… 잠시만 부탁드릴게요……."

"그래."

그렇다. 이건 어쩔 수 없는 일이다.

루미아는 그렇게 자신을 타일렀다.

하지만 뺨이 무척 뜨거웠다. 조금 전에 모닥불 앞에 앉아 있었을 때보다 훨씬 더……

아릿하게 일렁이는 가슴의 고동은 여전히 가라앉을 줄 몰랐다. 뜨겁게 달아오른 머리로 이 가슴의 두근거림을 글렌이 눈치채면 어쩌나 싶어서 끙끙댔다.

"……선생님."

글렌의 몸을 휘감은 가느다란 팔에 무의식적으로 힘이 들어갔다. 그는 체격이 마른 편이지만…… 등은 굉장히 넓게 느껴졌다.

"그런데 너희들은 진짜 사람 귀찮게 하는 재주가 있다니까…… 혹시 나한테 무슨 원한이라도 있어?"

그런 루미아의 심경을 아는지 모르는지 글렌은 참으로 무신경한 발언을 입에 담았다.

"죄, 죄송해요……. 선생님은 그게…… 아직 오늘 산책이 끝나시지 않은 건가요?"

미안해서 자기도 모르게 그렇게 대답했다.

"아~ 응. 뭐, 그렇지. 오늘은 다른 루트를 개척해볼까 싶어서."

"이런 한밤중에요?"

"이런 한밤중에."

"이런 데서요?"

"이런 데서 말이지."

글렌은 여전히 퉁명스러운 표정으로 숲 안쪽을 향해 걷고 있었다.

"저기, 선생님…… 절 업고 다니는 게 힘드시다면 오늘은 그만……."

"그게 무슨 소리야? 귀여운 여자애를 업고 다닐 이런 좋은 기회를 내가 간단히 포기할 줄 알고? 뭐, 넌 싫을지도 모르겠지만 단념해!"

글렌은 악당처럼 쿡쿡쿡 웃으면서 루미아를 흘겨보았다.

루미아는 그저 쓴웃음을 지을 수밖에 없었다.

그렇다. 글렌은 이런 사람이었다.

삐뚤어졌고, 어른스럽지 못하고, 끝까지 솔직하지 못한 청개구리. 루미아가 처음으로 그와 만난 『그때』부터 오늘 이날까지 조금도 변한 게 없었다.

안타깝지만 이런 성격의 글렌을 이유 없이 싫어하는 사람도 학교에 많다는 것을 알고 있었다.

하지만 이런 그이기에 자신은—.

'……미안, 시스티. 이 순간만…… 이 순간만이라도…….'

달콤하게 아려오는 가슴의 고동과 왠지 모를 죄책감을 자각하면서도—.

루미아는 글렌의 목에 팔을 두르고 뒤통수에 자신의 이마를 댄 채 한동안 그의 등에서 느껴지는 편안함을 만끽했다.

머지않아 체력이 회복된 루미아는 자신의 다리로 걸을 수 있게 됐다.

둘이서 눈을 접시처럼 크게 뜨고 숲속을 찾아다닌 지 얼마나 시간이 지났을까.

"아, 선생님! 찾았어요!"

그 풀을 찾은 건 거의 동틀 때가 다 되어서였다. 어둠 속에서 흐릿한 빛을 발하는 그 풀은, 쓰러져서 겹친 고목 사이에 마치 몰래 숨은 것처럼 자라나 있었다.

약간 상태가 좋지 않았지만 촉매로 쓰기에는 전혀 문제가 없었다.

기쁜 얼굴로 그 풀을 뜯으려는 루미아 옆에서 글렌이 입을 열었다.

"나 원 참, 밤새 돌아다녀서 찾은 게 고작 하나뿐이라니…… 게다가 좀 상하기도 했고. 이건 돈이 안 되겠네. 어쩔 수 없군. 아깝지만 하얀 고양이나 줄까……. 왜 그런 눈으로 보냐?"

"후후후…… 아뇨?"

글렌은 루미아가 다 안다는 얼굴로 웃자 속이 불편했다.

"……뭐, 됐다. 좋아. 이제 돌아가자. ……참 나, 결국 새로운 산책 루트는 못 정했잖아. 젠장……."

"선생님."

투덜거리면서 걸어가는 글렌의 등에 루미아가 말을 걸었다.

"감사해요."

"……무슨 소리인지 모르겠군."

글렌은 걸음을 멈추고 기가 막힌 눈을 하며 루미아를 어깨너머로 흘겨보았다.

그런 언제나 늘 솔직하지 못하고 고집 센 글렌의 반응에—.

"선생님은 결코 다른 누군가와 함께 있을 자격이 없는 분이 아니에요. 그러니까 그런 식으로 일부러 퉁명스럽게 대하실 필요는 없다고 생각해요."

루미아가 무심코 그런 말을 입에 담았다. 허를 찔린 글렌은 그대로 굳어 버렸다.

"확실히 좀 어른스럽지 못한 면도 있지만, 선생님을 늘 저희를 생각해서 애써주시잖아요? 저는 그런 선생님을……."

"……"

"설령 온 세상 사람들이 선생님을 부정하더라도…… 저는, 저만은 선생님 편이 될 게요. 그러니까……."

감정에 호소하는 듯한 루미아의 말에 결국 견디다 못한 글렌은 쿡쿡 웃기 시작했다.

"바~보. 영문 모를 낯부끄러운 소리는 그만해. 푸풋! ……너, 너 그러다가 나중에 반드시 후회한다? 이불을 발로 뻥뻥 차대면서 몸부림칠지도 모른다고?"

"그, 그럴까요……?"

"그래. 자, 슬슬 가자. 너도 피곤하잖아?"

"아…… 예……."

글렌은 약간 풀이 죽은 루미아를 재촉하며 다시 등을 돌렸다.

하지만 그 순간—

"……고맙다."

작은 목소리로 그런 말을 들은 듯한 기분이 들었다.

"야! 기뻐해라! 하얀 고양이!"

이른 아침.

글렌이 의무실 문을 난폭하게 발로 걷어차서 열었다.

"나랑 루미아가 같이 산책하다가 우연히 해독 촉매를 찾아서 가져왔다고. 흐흐흥~, 조금은 감사히…… 응?"

뻔뻔스럽게 지껄이다가 의무실의 변화를 깨달았다.

어제 시스티나가 누워 있던 침대에 아무도 없었던 것이다.

"어라? 시스티는요? 어젯밤에는 여기서 잤을 텐데……."

루미아가 이상하다는 듯 주위를 살폈다.

하지만 글렌의 시선은 시스티나 대신 침대 위에 놓인 물건에 고정되었다.

"……저건."

꽃이었다. 누가 가져온 건지 침대 위에 꽃다발이 놓여 있었다.

"서, 선생님……! 저건…….."

"잠깐, 이거 장난이지……?"

꽃에 관해 거의 아는 것이 없는 글렌조차 저 특징적인 하얀 꽃잎의 꽃이 어떤 의미인지 알고 있었다.

저것은 죽은 자에게 바치는 종류의 꽃이었다.

"서……설마 그럴 리가…….."

열린 창에서 들어온 부드러운 바람이 커튼을 살며시 흔들었다.

『가끔 체질 때문에 용태가 급변해서 사망할 수도 있다만―.』

글렌은 갑자기 세리카가 했던 말을 떠올렸다.

말도 안 돼.

이럴 리가 없어.

그렇게 믿고 싶었다.

하지만…… 아마도, 분명 그렇게 된 것이리라.

……늦었다.

자신은 제시간에 맞추지 못한 것이다.

"……."

얼마나 넋을 놓고 있었던 것일까.

"이 바보가!"

정신을 차리고 보니 글렌은 침대를 주먹으로 내리치며 고함을 지르고 있었다.

"너, 왜 나한테 양해도 구하지 않고 죽어버린 거야! 웃기지 마……. 웃기지 말라고!"

"저기요~. 선생님?"

콕콕.

"넌……! 넌 이제부터잖아! 이런 일로! 이런 곳에서! 죽을 때가 아니잖아!"

"저기요……. 선생님? 선생님~!"

콕콕.

"빌어먹을……. 난 너희들이 앞으로 어떻게 될지, 그걸 보고 싶어서 강사가…… 그런데 이런……!"

"그러니까 선생님……. 잠깐 좀."

콕콕콕.

"제기랄……. 나야……. 전부 내 탓이야……. 내가……!"

"선생님. 저기요. 선생님~."

콕콕콕콕콕…….

"아, 뭐냐고! 시끄럽네 진짜! 지금은 그럴 때가一"

글렌은 끈질기게 자신의 등을 찌르는 분위기 파악할 줄 모르는 인간에게 고개를 돌리고 엄청난 표정으로 노려보다가一

"으아아아아아아아악?! 유, 유령?!"

비명을 지르고 펄쩍 뛰더니 벽에 찰싹 달라붙었다.

"누가 유령이에요! 누가!"

그곳에는 이미 완전히 건강해진 시스티나의 모습이 있었다.

"어라? 이 소란은……."

그때 마침 세리카가 의무실로 들어왔다.

"아, 그런 거군. 아무래도 여러모로 오해가 있었던 모양이다만."

세리카는 눈을 깜빡거리며 눈앞에서 벌어진 소동을 지켜보는 루미아에게 미안한 목소리로 귓속말을 건넸다.

"확실히 학교에 촉매가 없다고는 했어도, 개인적으로 구비해둔 재고가 없다고 말하지는 않았잖아? 뭐, 집에 돌아가서 찾느라 꽤 시간이 걸렸지만 말이다. 아무튼 그녀의 해독 술식은 무사히 끝났으니까 안심해."

"그, 그러셨던 건가요……. 그런데 저 꽃은……?"

"아, 너희 반의 카슈라는 녀석이 문병을 왔었는데 꽃의 종류를 착각해서 잘못 가져왔다고 하더군. 참 덜렁거리는 녀석이었지."

한편, 시스티나는 벽에 등을 붙이고 겁에 질린 글렌 앞에서 얼굴을 붉게 물들인 채 띄엄띄엄 중얼거렸다.

"저기…… 선생님? 아무래도 걱정을 끼쳐드린 것 같네요. ……이러니저러니 해도 선생님은 절 위해 촉매를 찾으러 가주셨던 것 같고……. 착각 때문이라고는 해도 그토록 슬퍼해 주시는 걸 보고…… 저기, 그게 뭐랄까……."

고맙습니다.

웬일로 그런 솔직한 말이 시스티나의 입에서 나오려한…… 순간—.

"미, 미안! 내가 잘못했어! 설교 당한 복수로 네 새 노트에 낙서하거나! 마술 실험 시간에 실수로 네 머리카락에 염색약을 묻히거나! 허락을 구하지도 않고 간식을 몰래 먹어서 진짜로 미안! 이렇게 사과할게! 그, 그러니까 두려워하지 말고 망설임 없이 신의 품으로—."

"이, 바보오오오오오오오!"

메아리치는 소녀의 고함.

뭔가가 격렬하게 날뛰는 소리와 앙상블을 이루는 남자의 비명.

오늘도 알자노 제국 마술학원은 여느 때와 다름없이 평화로웠다.

길 잃은 하얀 고양이와 금기수기 ^{마이 레코드}

Wandering white cat and the memory handbook

Memory records of bastard magic instructor

"루미아~ 찾았어~?"

"아니, 아직이야. 미안, 시스티."

마술학원의 여학생 시스티나와 루미아는, 고서 특유의 썩은 나무 향기가 그윽하게 코를 간질이고 고금동서의 서적이 빈틈없이 빼곡하게 꽂힌 책장이 늘어선 장소에서 책들을 뚫어지게 노려보고 있었다.

"나야말로 미안해……. 이런 일로 네 시간을 빼앗아서……."

사다리 위에 올라가서 책장 위쪽을 조사하고 있던 시스티나가 아래쪽에서 성실하게 뭔가를 찾고 있는 루미아에게 사과했다.

"아하하, 신경 쓰지 마. 시스티. 그건 네 소중한 다이어리잖아? 그럼 반드시 찾아야지."

루미아는 시스티나를 안심시키려는 듯 미소로 대답했다.

"그 다이어리를 떨어트린 게 틀림없이 이 학원 부속 도서관 안이 맞지?"

"응……. 그건 틀림없을 거야."

"눈에 보이는 곳에 떨어진 건 아닌 것 같고 분실물 코너에도 없었으니…… 역시 누가 주워서 책장에 꽂은 거겠지."

"그럴 가능성이 클 거야……. 으으, 어쩌지……. 이렇게 책이 많은데……."

사다리에서 내려온 시스티나는 손끝에 깃들게 한 마술의 불빛으로 책장 사이를 가로지르는 어두운 통로 너머를 가리켰다.

　그러자 안쪽으로 이어지는 어둠 속에서 진저리가 날 정도로 길게 늘어선 책장이 희미하게 모습을 드러냈다.

　"혹시 이제 못 찾는 건……."

　어깨를 늘어트리며 힘없이 중얼거린 시스티나는 평소의 늠름한 태도가 마치 환상이었던 것처럼 초췌해져 있었다.

　루미아는 그런 친우를 격려했다.

　"괜찮아, 시스티. 염소 가죽으로 된 양장본에 벨트도 달렸고 책등에 아무것도 적히지 않은 다이어리라면…… 꽤 특이한 책이잖아? 반드시 찾을 수 있을 거야. 나도 마지막까지 도울 테니까 너무 걱정하지 말자. 응?"

　"으, 응. ……고마워, 루미아."

　마음 든든한 친우의 격려에 약간 감동했는지 시스티나는 살짝 눈시울을 붉혔다.

　"그런데 시스티도 참, 그렇게 당황하다니…… 어지간히 중요한 다이어리인가 봐? 대체 뭘 적은 거니?"

　"어?! 그, 그건……!"

　분실물을 찾는 걸 돕는 입장으로서는 지극히 당연한 의문이었지만 어째선지 시스티나는 당황하며 말문이 막혔다.

　"그, 그게…… 실은 어떤 마술 이론을 나름대로 연구한 내용을 써둔 거야! 응! 요전에 꽤 참신한 술식이 떠올라서……."

"어, 그랬구나! 시스티, 굉장해!"

루미아는 시스티나에게 존경 어린 시선을 보냈다.

"그, 그치만 아직 제대로 정리한 이론이 아니라 납득이 가기 전까지는 남에게 보여주고 싶지 않다고 할까……. 그래서 저기……."

"응. 확실히 남에게 보여줄 순 없겠네. 괜찮아. 만약 내가 먼저 찾아도 절대 읽지 않을 테니까. 약속할게. 시스티."

"으으…… 고마워. 루미아……."

오늘은 루미아가 천사로 보였다. 역시 친구는 있고 볼 일이다. 시스티나는 갑자기 가슴이 뜨거워지는 것을 느꼈다.

"그렇게 정했으면 빨리 찾자. 요즘 이 도서관에는 이런저런 이상한 소문이 돌고 있으니까……."

"그래. 나도 그다지 오래 있고 싶지는 않아. ……어차피 소문은 소문이겠지만 왠지 기분 나쁘니까."

"난 저쪽 책장을 찾아볼게."

"그래. ……그럼 난 건너편 책장을 찾아볼게. 30분 후에 또 여기서 모이자."

"응. 열심히 찾아보자."

그리고 두 사람은 멀리 떨어져서 행방을 알 수 없는 시스티나의 다이어리를 다시 찾기 시작했다.

알자노 제국 마술학원 학원장실.

"예에? 도서관의 이상 현상~?"

글렌은 누가 봐도 귀찮아하고, 관심 없고, 돌아가고 싶어 하는 분위기를 풀풀 풍기며 투덜거렸다.

"그보다 전 오늘 집에 가서 읽고 싶은 책이 있는데요……."

"글렌 레이더스, 네놈! 학원장님께 그게 무슨 태도냐!"

그런 글렌을 향해 학교의 마술강사인 할리가 고함을 질렀다.

"자, 자. 할리 군, 진정하게나. 글렌 군도 그러지 말고 내 말 좀 들어보게. 사태는 생각보다 심각해."

격노한 할리와 졸린 얼굴의 글렌을 눈앞에 두고 업무용 책상 앞에 앉은 학원장 릭은 인자한 표정을 고수하며 말했다.

"글렌, 너도 소문으로는 들었겠지? 최근 학교의 부속 도서관에서 다양한 이상 현상이 목격됐다는 소문을."

당당하게 팔짱을 끼고 벽에 등을 기댄 세리카가 대화에 끼어들었다.

"뭐…… 이것저것 들어보긴 했지."

글렌은 한숨을 내쉬며 머리를 벅벅 긁고 대답했다.

"땅거미가 질 무렵에 아무도 없는 도서관에서 으스스한 목소리가 들렸다거나……, 소년의 모습을 한 유령이 나왔다 거나……, 책이 혼자서 공중을 떠다녔다…… 같은 이상한 일이 빈번히 벌어졌다더군. 어디까지나 학생들 사이에서 떠 도는 소문이 진짜라면 말이지만……. 아무래도 지난달 그 도서관에 새 책이 대량으로 입하된 시점부터 그런 소문이 돌기 시작했던 것 같아."

"뭐, 소문만 놓고 보면 어느 학교에나 흔히 있는 이야기다만…… 아무래도 진짜 이상 현상이 벌어지고 있는 모양이더군. 얼마 전에 확실한 곳으로부터 정보를 확인했다."

"……진짜?"

세리카가 보충 설명을 하자 글렌은 신음을 흘렸다.

"다시 말해, 아무쪼록 글렌 군에게 이 도서관에서 일어난 이상 현상 사건의 조사를 부탁하고 싶은 걸세. 받아들여 주지 않겠나?"

학원장의 제안에 글렌은 내키지 않는다는 듯이 투덜거렸다.

"별로 내키지는 않네요. ……왜 저죠?"

"가장 한가해 보였으니까."

"큭! 너무나도 정확하고 합리적인 이유라 반박할 수 없어?!"

인자한 표정에서 태연하게 흘러나온 독설에 글렌은 머리를 부둥켜안고 신음을 흘렸다.

"그리고 글렌 군. 자네는…… 그게…… 전(前) 그거였지 않나."

"……!"

"혹시 만에 하나라도 무슨 일이 벌어졌을 때 우리 중에서 가장 능숙하게 대처할 수 있는 건 자네일 거라는…… 믿음도 있었기 때문이라네."

학원장은 진지한 시선으로 글렌을 응시했다. 이 자리에 할리가 있다 보니 두루뭉술하게 말했지만 글렌은 전 제국 궁정 마도사였다. 확실히 트러블에 대처하는 능력으로는 이 학교의 강사진 중에서도 톱클래스에 해당할 것이다.

"흥! 아무래도 학원장님은 이 남자를 지나치게 높이 평가하시는 것 같군요. 이 녀석은 어차피 제3계제의 삼류 마술사! 과연 얼마나 잘 해결할 수 있을지 의심부터 갑니다만!"

하지만 평소의 소행이 워낙 엉망인 탓에 학교 안에서의 평가는 할리가 말한 그대로였다. 확실히 수업의 질은 훌륭하지만 마술에 눈곱만큼도 경의를 표하지 않는 태도는 지금도 여전하다 보니, 할리를 비롯한 전임 강사들에게 따돌림을 당하고 있는 것이 현실이었다.

"그죠? 정말이지 하…… 뭐시기 선배 말씀대로라니까요! 제가 그런 큰 역할을 감당할 수 있을 리 없잖습니까! 선배도 뭐라고 좀 더 말씀해주세요! 얼른요!"

하지만 본인은 전혀 신경 쓰지 않았다. 이 밉살스러울 정도의 뻔뻔함, 무신경함. 이 또한 글렌이 주위의 반감을 사는 이유 중 하나였다.

"……두, 두고 보자. 네놈."

글렌은 분노와 굴욕감에 몸을 떠는 할리를 보고도 전혀 아랑곳하지 않고, 어떻게든 부탁을 거절해보려고 학원장에게 바짝 다가갔다.

"맞아! 트러블 대처에 능숙하고 한가한 사람이라면 세리카가 있잖습니까! 세리카에게 맡기자고요!"

"세리카 군에게 맡겼다간 도서관이 통째로 날아간 후에 거대한 크레이터가 생길 게 뻔하지 않나."

"큭! 완전히 정론인 데다 현실적인 이유라 반박할 수 없어?!"

인자한 표정에서 태연하게 흘러나온 독설에 글렌은 머리를 부둥켜안고 신음을 흘렸다.

"하하, 실례잖아. 아무리 나라도 그렇게까진 안 해. 고작해야 두 번 다시 복구 못 할 정도로 가옥을 완전히 불살라 버리는 정도겠지."

"뭐야, 그 정도라면 안심—."

"할 수 있을 리가 없잖아! 적당히 좀 하라고! 이 닮은꼴 사제 콤비!"

결국 인내심이 한계에 도달한 할리가 세리카와 글렌에게 고함을 질렀다.

"이제 좀 진지해져 봐! 그 전통 있고 유서 깊은 도서관에 웃기지도 않는 이상 현상이 발생해버린 중대한 사태라고?! 네놈들은 알기나 하는 거냐! 그 도서관과 장서에 대체 얼마나 오랜 역사와 마술적 가치가 있는지! 그 장서가 마술의 발전에 영향을 준 위대한 공적을 예를 들어 보마. 우선 4백년 전의 발단부터 거슬러 올라가면—."

"할리는 쪼잔하군. 뭐, 아무렴 어때. 그런 우중충한 헌책이 잔뜩 쌓인 낡아빠진 건물 따위. 난 전부터 방해된다고 생각했는데 말이지~."

"홋…… 사실 나도 그래. 세리카."

늘 세계의 지혜와 신비를 탐구하는 마술사의 입에서 나온 거라고는 믿을 수 없는 발언에 할리는 아연실색했다.

"좋은 기회야. 태워버리는 김에 고구마라도 굽는 건 어떨까? 세리카."

"아, 그거 괜찮군. 그렇게 하면 사건은 속 시원히 해결. 군고구마도 맛있겠고. 그야말로 안성맞춤이로군."

"뭐가 안성맞춤이라는 거냐! 빈대 잡으려다가 초가삼간을 태우는 격이잖아! 네놈들, 전 대륙의 마술사들과 전쟁이라도 하고 싶은 거냐!"

"잠깐 나가서 고구마 사올게."

"자, 그럼 강철까지 태워버릴 수 있는 비장의 특제 마술 소이제(燒夷製)를 내가 어디에 뒀더라……?"

"하, 하지 말라고 했지! 이 자식들아아아아! 아니, 진심으로 참아달라고오오오!"

사람 말을 귓등으로도 듣지 않고 제멋대로 행동을 개시하는 글렌과 세리카의 태도에 마침내 할리가 눈시울을 붉히면서 애원했다.

"야, 농담인 게 당연하잖아. 할리. 아무리 나라도 그런 짓을 저지를 리 있겠어?"

"맞아요, 하게[#1] 선배. 가볍고 아방가르드한 농담이었다고요."

"이, 이 자식들이이이이이?! 아니, 그보다 글렌 레이더스! 아무리 이름을 착각했다고 해도 그건 진짜 너무하잖아! 미운 거냐? 내가 그렇게 미운 거냐아아아?!"

글렌과 세리카의 한도 끝도 없는 장난에 결국 사태가 수습할 수 없는 지경까지 도달하려는 순간.

타앙!

학원장실의 문이 바깥쪽에서 거칠게 열렸다.

"선생님! 큰일이에요! 루미아가…… 루미아가!"

문 너머에는 창백한 얼굴로 숨을 몰아쉬는 시스티나가 서 있었다.

"루미아가 사라졌다고?"

땅거미가 질 무렵, 글렌은 저녁노을에 새빨갛게 물든 길을 빠른 속도로 걸으며 얼굴 한가득 불안함을 내비친 채 옆에서 따라오는 시스티나에게 물었다.

"……제대로 찾아보기는 한 거야? 건물 안에서 길을 잃은 건 아니고? 아무튼 무지막지하게 큰 도서관이니까. 구조가 미로처럼 복잡한 층도 있고."

"제대로 찾아봤다구요! 하지만 정말로 어디에도 없는걸요!"

#1 하게 일본어로 하게는 대머리를 뜻한다.

"먼저 돌아간 거 아냐?"

"출입구 근처의 물건 보관함에 루미아의 가방이 그대로 남아 있었어요! 그리고…… 약속을 했는데, 걔가 절 두고 먼저 돌아갈 리는—"

"……그건 그렇군. 젠장, 이건 슬슬 확정인가?"

소문이 무성한 도서관의 이상 현상. 그리고 루미아의 부자연스러운 실종. 전혀 관계가 없다고 단언하는 건 아무래도 억지일 것이다.

글렌은 사건을 예감하며 혀를 찼다.

"어쩌죠? 선생님……. 루미아에게 무슨 일이 생긴다면 저는…… 저는……!"

"진정해, 하얀 고양이. 일단 도서관에서 단서를 찾는 것부터 시작하자."

당장에라도 울음을 터트릴 것 같은 시스티나를 달랜 글렌은, 걸음을 멈추고 눈앞에 다가온 건물을 올려다보았다.

알자노 제국 마술학원 부속 도서관. 호화찬란하게 장식된 본관과 별관, 그 지하에 펼쳐진 다층구조의 지하 서고로 구성된 이 건물은 마술학원을 북대륙에서도 굴지의 교육 기관으로 끌어올리는 기반이 된 곳이었다.

대륙 전토에서 긁어모은 장서의 수는 약 1,500만 권 이상. 이웃나라 레자리아의 성 엘리사레스 교회 교황청 지하 서고에 배치된 수보다는 약간 적지만, 이 마술학원에만 존재하는 귀중한 고대 문헌과 비문, 고대 마도서, 학술 관련 서적 등도 수없이 많다. 그래서 학교 관계자가 아닌 민간 마술 길드의 마술사나 마술과 전혀 관계없는 역사, 인문, 자연 과학자들도 일부러 입관 허가를 받고 방문하는 경우가 적지 않은 지혜의 보고였다.

"너, 최근에 도서관에서 다양한 이상 현상이 벌어진다는 건 알고 있냐?"

"아, 예. ……소문 정도는요. 하지만 어차피 소문에 불과할 거라고……."

"참 나, 경솔했다고. 마술서나 금서나 외전(外典) 등을 대량으로 소장한 유서 깊은 도서관에서는 가끔 그런 이상 현상이 벌어지곤 해. 책을 쓴다는 건 그것만으로도 크건 작건 인간의 공통 심층의식에 독자적인 고유 세계를 구축한다는 뜻이니까. 현실 세계에 어떤 영향을 끼칠지 알 수 없는 노릇이라고."

"그럴 수가……."

"소문을 분석해봤더니 아무래도 뭔가 좋지 않은 악령 같은 존재가 도서관에 씐 것 같더군. 원인은 아직 모르겠다만."

"……악령인가요."

악령이라는 말에 반응한 시스티나가 얌전한 표정으로 복창했다.

"다시 말해, 그 악령이 루미아를 숨겼다는 건가요……?"

"그럴 가능성이 커. 내 감이지만."

과거에 제국군에서 수많은 수라장을 돌파해온 글렌의 『감』이었다.

시스티나는 무심코 숨을 삼켰다.

"상황에 따라선 그 악령과 싸우는 것도 고려해둬야 하겠지. 야, 하얀 고양이. 너, 성화 주문은 쓸 줄 아냐?"

"백마 【퓨리파이 라이트】 말이죠? 예, 전에 습득했어요."

"과연 우등생이군. 그 주문은 부의 감정을 띤 영적 존재에게만 효과를 발휘해. 주위의 책은 신경 쓰지 마. 만약 신변의 위험을 느낀다면 그냥 갈겨 버려."

"아, 예……!"

"좋아. 마음의 준비는 됐겠지? 가자, 하얀 고양이. 우리가 반드시 루미아를 구해내는 거다. 따라 와. 내 옆에서 떨어지지 말고."

시스티나는 힘차게 고개를 끄덕였다.

그리고 도서관의 출입구인 아치형 문으로 들어가는 글렌의 등을 따라갔다.

'그런데…… 이런 상황인데도 나도 참 긴장감이 부족하다는 생각은 들지만……'

시스티나는 루미아를 구하기 위해 위험할지도 모르는 곳으로 솔선해서 망설임 없이 나아가는 글렌의 등이 무척 믿음직하게 보이자 살짝 가슴이 뛰는 것을 자각했다.

부속 도서관의 현관으로 들어간 글렌은 접수대에 있는 사서에게 사정을 설명하고 루미아가 아직 나오지 않은 것을 확인했다.

그 후에 두 사람은 루미아가 사라진 것으로 예상되는 층으로 가기 위해 계단을 올랐다.

마침 오늘의 도서관 이용시간이 끝날 무렵이라 지금은 주위에 아무도 없었다.

원래 책을 보호하기 위해서 빛을 극단적으로 차단한 도서관 내부는, 이용 시간 종료와 동시에 램프의 불을 끈 탓에 완연한 어둠 속에 잠겨 있었다. 두 사람은 손끝에 마술의 불빛을 깃들게 하고 미로처럼 복잡한 책장들 사이의 통로를 말없이 걸었다.

뚜벅, 뚜벅, 뚜벅.

고요한 건물 안에서 걸음 소리만 이상할 정도로 서늘하게 울려 퍼졌다.

"……."

글렌의 뒤를 쫓는 시스티나는 그 순간 묘한 긴장감을 느꼈다.

귀를 찌르는 듯한 정적.

마술의 불빛으로 몸을 지키지 않으면 검은색으로 덧칠돼서 녹아버릴 것만 같은 농밀한 어둠.

이마에 자연스럽게 식은땀이 맺혔다.

유령이 나올지도 모르는 상황. 그리고 무엇보다 이런 시야가 나쁜 폐쇄적인 암흑 공간이 계속 불길한 상상을 부채질했다.

예를 들면 저쪽의 책장과 책장 사이. 심연으로 이어지는 듯한 암흑의 그림자 안쪽.

뭔가 형언할 수 없는 두려운 마물이 지금 당장에라도 자신들을 덮치려고 숨을 죽이고 이쪽을 살피는 게 아닐까 싶어서—.

"왜 그래? 무서워?"

갑자기 글렌이 어깨너머로 시스티나를 돌아보더니 놀리는 것처럼 말을 걸었다.

"평소의 드센 성격은 어디로 간 거야? 표정이 굳어 있다고? 유령이 무섭다면 지금 돌아가도 상관없다만."

왠지 믿음직하다고 감탄했는데 바로 이 모양이다.

시스티나는 기가 막힌 듯 한숨을 내쉬면서 불만스러운 목소리로 대답했다.

"저기요. 전혀 무섭지 않다면 거짓말이겠지만, 전 딱히 유령…… 그 악령이 무서운 건 아니라구요."

"호오?"

"제가 느끼는 건 인간이 어둠에 품는 본능적이고 원초적인 공포예요. 이건 딱히 부끄러워할 일이 아니고, 이 정도쯤이라면 저도 마술사로서 제대로 감정을 제어할 수 있으니 문제없어요."

"홋. 강한 척하기는…… 사실은 유령이 무서운 게 아니고?"

글렌은 재밌다는 듯 히죽히죽 웃으며 시스티나의 얼굴을 쳐다보았다.

무거운 분위기를 걷어내려는 의도일까. 아니면 단순히 섬세함이 부족한 것뿐일까. 아마 양쪽 다겠지만 시스티나는 약간 발끈해서 반박했다.

"애초에 말이죠. 유령이나 악령 같은 건 이 정도까지 마술이 발전한 현재에는 이미 미지의 존재가 아니라구요. 마술로 입증이 끝난 기지(旣知)의 존재예요. 대항 수단까지 확립됐는데 무서워할 필요가 어디에 있다는 거죠?"

"쳇, 재미없는 녀석이구만~. 조금 무서워하면 어디 덧나냐……."

역시 시스티나를 놀리려던 거였나 보다.

"선생님이야말로 유령 괜찮으세요? 혹시 무섭다면 뒷일은 전부 저에게 맡기고 가셔도 상관없거든요?"

자신도 약간 어린애 같다고 자각하면서도 시스티나는 글렌을 도발했다.

"흥, 웃기고 있네. 내가 대체 누구라고 생각하는 거야? 난 희대의 초 카리스마 강사인 글렌 레이더스 대선생님이라고?"

"……기가 막혀서 진짜. 그런 건 보통 자기 입으로 할 말이 아니잖아요?"

"나한테 교편을 휘두를 기회만 준다면 마술이론에 입각한 유령의 정체 같은 건 분명 너보다 훨씬 더 자세하게 설명할 수 있을걸? 아니, 난 유령에 관해 너무 많이 알게 된 탓에 슬프게도 괴담 같은 걸 전혀 즐길 수 없는 체질이 되고 말았는데……."

글렌은 시스티나의 태클을 화려하게 무시하고 과장스럽게 어깨를 으쓱였다.

"원한다면 다음 백마술 수업 시간에서 다뤄줄까? 유령이라는 게 마술사 앞에서 얼마나 보잘것없는 존재인지 아주 자세히 설명해줄 수 있다고?"

"하아…… 아주 참 믿음직하시네요……."

그렇게 대화를 나눈 덕분에 두 사람 사이에 감돌던 긴장감이 좋은 느낌으로 풀린…… 순간─.

"……윽?!"

글렌이 뭔가를 눈치챈 것처럼 갑자기 걸음을 멈췄다.

지금까지 규칙적으로 울리던 발소리가 그치자 진정한 정적이 찾아왔다.

"왜, 왜 그러세요? 선생님."

그런 글렌의 범상치 않은 반응에 시스티나가 굳은 얼굴로 질문했다.

"……이상하군."

"예? 뭐, 뭐가요?"

"야, 하얀 고양이. 루미아가 사라진 건 분명 서가 〈G8〉 구획 근처랬지?"

"……그, 그런데요."

"확실해?"

"화, 확실……해요."

"진짜지?"

"뭐, 뭐예요! 대체 무슨 일이 벌어진 거죠?! 지, 질질 끌지 말고 얼른 가르쳐주시라구요!"

글렌이 한 책장을 가리켰다.

그 옆에는 〈G1〉이라고 적힌 금속판이 걸려 있었다.

"어? 그게 대체 어쨌다고……."

시스티나는 뒤늦게 부자연스러운 점을 깨달았다.

"어? 여기 아직도 〈G1〉이에요? 분명 훨씬 전에 〈G1〉은 통과했을 텐데……! 슬슬 〈G8〉에 도착했어도 이상하지 않을 텐데…… 어, 어째서?!"

"참고로 나는 저 〈G1〉이라고 적힌 금속판을…… 지금 세 번째로 보는 거다."

"……예?"

글렌이 그렇게 말한 순간, 시스티나의 온몸이 뻣뻣하게 굳어 버렸다.

"아니, 두 번째로 봤을 때는 잘못 본 거나 착각인 줄 알았는데…… 아무래도 아닌가 보네.”

“……농담, 하시는 거죠?”

“그거 참 재미없는 농담이군.”

약간 표정을 굳히고 주위를 빈틈없이 경계하는 글렌에게서는 평소 같은 장난스러운 분위기가 눈곱만큼도 느껴지지 않았다.

“저, 저기~ 그렇다는 건 즉…… 그러니까…….”

차가운 것이 등을 훑으면서 내려가는 감촉과 단순하게 떠오른 무시무시한 상상에 새파랗게 질린 시스티나는 조심스럽게 글렌에게 확인을 구했다.

“응? 요컨대 우린 아까부터 계속 같은 장소만 빙글빙글 돌았다는 거다. 아무래도 출구가 없는 무한 회랑에 갇힌 것 같군……. 이유는 전혀 모르겠다만.”

걸음을 멈춘 탓인지 아까보다 더 무겁게 느껴지는 정적이 시스티나의 어깨를 강하게 짓눌렀다.

“그, 그럴 리가 없어요! 뭔가 착각하신 게 틀림없다구요!”

저항할 수 없는 충동에 떠밀린 시스티나는 무의식적으로 달려나갔다.

“어? 야! 이 멍청아! 나한테서 떨어지지 마!”

글렌도 황급히 시스티나의 뒤를 쫓았다.

시스티나는 머릿속에 도서관의 지도를 떠올리면서 책장과 책장 사이의 통로를 가로지르고, 막다른 곳에서 방향을 전환하고, 또 달리고 달리고 달리고…… 오로지 계속 다리만 움직인 끝에…….

"하아…… 하아…… 이, 이럴 수가……."

다시 눈앞에 나타난 〈G1〉이라고 적힌 금속판을 보고 아연실색했다.

"……나 원 참. 야! 좀 진정하라고, 하얀 고양이! 그러다 길 잃으면 어쩌려고 그래!"

겨우 따라잡은 글렌이 금속판 앞에서 멍하니 서 있는 시스티나에게 핀잔을 퍼부었다.

"아~ 역시 여기로 돌아왔나……. 도중에 어째 방향감각에 위화감이 있다 싶더니만……. 그렇군. 이래서 루미아가 못 돌아온 거였구만……."

글렌도 금속판에 새겨진 글자를 보더니 지긋지긋하다는 듯 눈살을 찌푸렸다.

"어, 어, 어, 어쩌죠?! 선생님! 우, 우리, 이러다가 평생…… 으아아아아아!"

전혀 예상치 못한 사태와 직면한 시스티나는 공황 상태에 빠지기 일보 직전이었다.

그러나—.

"너답지 않아. 진정해, 하얀 고양이. 늘 총명했던 넌 대체 어디로 간 거냐?"

글렌의 목소리는 냉정하고도 침착했다.

"출구가 없는 무한 회랑의 구조는 마술로 간단히 설명할 수 있잖아? 공간과 공간을 자르고 구부려서 연결한 것뿐이야. 하지만 어차피 식으로 써서 표현해보면 모순투성이인 무모한 술식……. 원인만 제거하면 반드시 빠져나갈 수 있어. 마도 제2법칙을 떠올려 봐."

"선생님……."

시스티나는 역시 대단하다고 생각했다. 예상치 못한 사태에도 글렌은 흔들리지 않았다.

"우선 조금 더 이 근처를 걸어 다니면서 공간의 일그러짐을—."

덜그럭.

그 순간, 명백히 부자연스러운 소리가 들렸다.

"히익?!"

"……뭐지?"

두 사람이 숨을 죽이고 주위를 살피자—.

덜그럭. 덜그럭.

덜컥, 덜컥덜컥덜컥…….

"책이…… 흔들리고 있어?"

"뭐, 뭐?! 뭐예요! 대체 무슨 일이 벌어진 거죠?!"

펄럭! 펄럭펄럭펄럭!

그리고 책장에 꽂힌 책들이 일제히 자력으로 빠져나오더니 제멋대로 여기저기 날아다니기 시작했다.

"꺄아아아아아아악! 서서서선생님?! 책이! 책이 혼자서!"

"그러니까 진정하라고! 물건이 하늘을 나는 것 정돈 마술 이론으로 간단히 설명이 가능하잖아!"

"그, 그그그그, 그치만!"

"아니, 그보다 너. 사실은 유령이 무서운 거지!"

"윽?! 그, 그렇지는……."

그렇게 언쟁을 시작한 두 사람을 노리고 수많은 책이 무시무시한 속도로 날아들었다.

"칫! 이 자식들이!"

"꺄악?!"

자신들에게 적의를 가지고 날아오는 책들을 먼저 눈치챈 글렌은 시스티나를 옆으로 낚아채고 재빨리 도주했다.

바로 조금 전까지 두 사람이 있던 장소에 책들이 소리를 내며 충돌했다.

"아……! 서, 선생님?!"

뒤로 흘러가는 풍경 속에서 글렌에게 안긴 시스티나가 뒤집어진 목소리로 당황했다.

"아, 으아아…… 내, 내려주세요! 내려달라구요! 아앙! 거, 거긴 안 돼!"

새빨개진 얼굴로 몸부림쳐봤지만 도망치는 데 여념이 없는 글렌은 조금도 눈치채지 못했다.

"아, 젠장! 빌어먹을! 이런 변변찮은 일만 생기니까 일하기

싫었던 거라고!"

책장과 책장 사이의 통로를 질주하는 소리와 함께 글렌의 비통한 절규가 메아리쳤다.

"하아…… 하아…… 아무래도 책이 날아다니는 건 멈춘 모양이군……."

고개를 들고 올려다봐야 할 만큼 키가 큰 책장으로 좌우와 후방이 가로막힌 막다른 곳에서, 글렌은 숨을 죽인 채 주위의 상황을 경계하고 확인했다.

"이거 참…… 아무래도 우리도 본격적으로 도서관의 이상 현상에 휘말린 모양인데……. 이제 어쩌면 좋으려나."

"저…… 선생님?"

어딘지 모르게 불만스러운 시스티나의 목소리가 들렸다.

"왜."

"저기…… 이젠 괜찮으니까 슬슬 내려주시면 안 될까요?"

시선을 내리자 시스티나가 아직 글렌의 품속에 공주님처럼 안겨 있었다.

양해도 구하지 않고 안아서 꽤 화가 난 것이리라. 시스티나는 가녀린 몸을 딱딱하게 움츠린 채 고개를 돌리고 있었으며, 어둠 속에서도 알 수 있을 정도로 귀가 새빨갛게 변해 있었다.

"아, 미안. ……저기, 뭐냐. 아무래도 설교는 나중에 하면 안 될까?"

"됐어요. ……딱히 화난 건 아니니까."

그제야 바닥에 내려온 시스티나는 글렌에게 눈길도 주지 않고 등을 홱 돌리면서 퉁명스럽게 말을 내뱉었다.

'아아~ 어쩔 수 없었다고는 해도 이거 원, 나중에 골치 아프겠구만.'

글렌은 약간 넌더리를 내며 억지로 사고를 전환했다.

그리고 갑자기 옆에 있는 책장에 걸린 금속판을 확인했다.

〈H9〉라고 적혀 있었다.

"……응? 왔던 길은 돌아갈 수 있는 건가? 이상한데……. 일반적인 쌍방향으로 닫힌 무한 회랑이 아니라 일방통행…… 그렇다면 루미아는 어째서 안 돌아온 거지?"

애초에 도서관에서 다양한 이상 현상이 일어나긴 했어도 실질적인 피해는 전혀 없었다고 한다. 그래서 지금까지 소문으로만 그치고 있었던 것이다.

그런데 왜 이제 와서 루미아만 행방불명이 된 것일까.

이 사건에서 왠지 모를 부자연스러움을 느낀 글렌이 생각에 잠겨 있자—

콕, 콕.

시스티나가 마치 부스럼이라도 건드리는 것처럼 글렌의 팔뚝을 손가락으로 찔렀다.

"……왜?"

사색을 방해받은 글렌이 약간 언짢은 목소리로 물어보았다.

"나왔어요."

"뭐가?"

"유령."

"그러냐."

글렌은 아무 생각 없이 시스티나가 바라보는 방향으로 시선을 돌리고…… 그대로 굳어 버렸다.

있다. 확실히 있었다.

환각이나 착각이 아니었다.

심연의 밑바닥으로 이어지는 듯한 책장 사이의 통로 끝에서 하얀 그림자가 이쪽을 향해 천천히 날아오고 있었다.

"나왔군."

"나왔네요."

두 사람의 목소리는 묘하게 차분했다.

"……나와 버렸군."

"……나와 버렸네요."

두 사람의 목소리는 역시 묘하게 차분했다.

"……"

"……"

그리고 두 사람은 잠시 미동조차 하지 않고 침묵을 유지했다.

"꺅! 선생님?!"

글렌은 갑자기 시스티나의 손을 잡고 그대로 등을 돌려 달아나려고 하다가— 뒤에 있던 책장에 얼굴부터 격돌했다.

"끄억?!"

그대로 앞으로 고꾸라졌다.

"잠깐, 선생님. 대체 뭐 하시는 거예요?! 지금은 장난칠 때가 아니잖아요!"

"훗…… 내가 이런 실수를. 여기가 막다른 골목이라는 걸 깜빡했을 줄이야……."

얼굴에 책 자국이 난 글렌은 냉정 침착한 목소리로 그렇게 말하고 일어나더니 옷에 묻은 먼지를 털었다.

그러는 사이에도 하얀 그림자가 계속 다가오고 있었다.

"히, 히이익! 와, 왔어!"

"칫…… 어쩔 수 없군."

글렌은 겁에 질린 시스티나에게 여유가 넘치는 목소리로 말했다.

"뭐, 좋은 기회군. 대(對) 악성 영적 존재 전투 실습을 시작해 볼까."

"예? 예엣?! 그, 그렇다는 건 설마……."

"그 설마다. 자, 하얀 고양이. 그걸 써. 저 유령을 백마【퓨리파이 라이트】로 후딱 처치해버려."

"제, 제, 제가요?! 그, 그그그, 그치만! 그치마안?!"

"어라~? 유령이 안 무섭다며? 혹시 거짓말이었어?"

"큭……! 알았다구요……."

이런 말까지 들었으니 이젠 할 수밖에 없었다.

이마에 비지땀을 흘리며 한 걸음 앞으로 나선 시스티나는 하얀 그림자를 향해 왼손을 들고— 주문을 영창했다.

《비, 빛 있으라·더러움은, 사, 사라질…… 지어다·정화될, 지……》!"

조용.

아무 일도 일어나지 않았다.

복잡한 음계를 지닌 룬어(語)로 주문을 영창하려면 특수한 발성법이 필요하다. 하지만 방금 시스티나가 영창한 주문은 그 발음이 크게 흐트러져 있었다.

룬의 운율이 완전히 어긋난 데다 정신 집중이 흐트러진 상태로 외운 탓에 주문으로서 성립되지 못한 것이다.

"……야."

《빛, 있으·더러움 ……사, 사라져·……어다》!"

결과는 똑같았다. 시스티나는 어색한 듯이 입을 다물었다.

"하얀 고양이…… 너, 주문을 완전히 틀렸잖아! 야, 너, 사실은 유령이 엄청 무서운 거지?!"

"으극……."

"참 나, 뭐가 마술이론으로 입증된 유령 따윈 전혀 무섭지 않다는 거냐! 허세부리지 말라고!"

"시, 시끄러워요! 전 여자애라구요?! 머리로는 알고 있어도 그야 무서운 게 당연하잖아요!"

시스티나는 눈물을 글썽거리며 고양이처럼 샤악! 하고 글렌을 위협했다.

"에잇! 이 쓸모없는 녀석! 그럼 내가 보여주마! 정화 마술의 본보기라는 게 어떤 건지!"

한 발짝 앞으로 나선 글렌이 왼손을 들고 위풍당당하게 주문을 영창했다.

"《비시스라·더러우문 사라지지어라·저가대지어다》!"

조용.

당연히 아무 일도 일어나지 않았다.

"…

"그러고 보니 선생님. 바로 조금 전까지 평소와는 완전히 다른 사람이 된 것처럼 차분하고 농담 한 마디 안 하시던데…… 그거, 속으로는 엄청 쫄아서 그랬던 거죠?! 나한테서 떨어지지 말라고 하셨던 것도 실은 자기만 혼자두지 말라는 뜻이었던 거죠?! 그런 거죠?! 예?!"

"바보! 너, 그런 걸 굳이 말로 할 필요는 없잖아! 짜샤! 그렇게 내 자존심을 갈기갈기 찢어놓는 게 즐거워?! 아앙?! 확 울어 버린다!"

"뭐가 유령에 관해 너무 많이 알게 된 탓에 괴담을 즐길 수 없다는 거예요?! 허세를 부리는 것도 적당히 하시라구요!"

"시끄러! 그치만 난 남자애라구! 머리로는 알고 있어도 사실은 무서운 게 당연하잖아욧!"

"소름 끼쳐! 그 반응, 무지 징그럽거든요?!"

두 사람이 그런 수준 낮은 말다툼을 벌이는 사이에—.

『——돌아가——돌아가——돌아가——.』

벌써 하얀 그림자가 두 사람의 눈앞까지 다가와 있었다.

반투명한 소년의 모습을 한 망령. 감정이 드러나지 않은 공허한 얼굴과 살아있는 자에 대한 적의가 깃든 눈동자가 실로 섬뜩했다.

『돌아가——.』

"히이이이이이이이익?!"

"끄—————아—————!"

날카로운 비명이 도서관 안에 울려 퍼졌다.

망령이 두 사람에게 손을 뻗었다.

"다, 다가오지 마아아아아아아아아아아아아아!"

글렌이 움직였다.

반사적으로 시스티나를 옆구리에 끼고 강하게 바닥을 박찼다.

"우오오오오오오오!"

오른쪽 책장을 발로 차면서 단숨에 책장 위로 뛰어오른 후에 다시 도약.

공중에서 빙글 회전하여 천장을 박차고 얻은 추진력으로 하얀 그림자 건너편으로 낙하. 몸을 비틀면서 착지.

그리고 유령을 남겨둔 채 즉시 다리를 맹렬히 움직여서 막다른 길을 탈출했다.

평범한 인간에게는 불가능한 기괴하고 변태적인 움직임. 화재 현장의 괴력이라는 것이 이러한 게 아닐까.

그리고 그런 기상천외한 동작을 함께 한 시스티나는 어쨌느냐면―.

"꺄아악?! 꺄아아아아아아아아악! 싫어어어어어어어어어!"

가엾은 소녀는 책장들이 세찬 물결처럼 뒤로 흘러가는 가운데 글렌의 품속에서 미친 듯이 발버둥 쳤다.

그리고 그런 두 사람을 뒤쫓으려는 것처럼 주위에 있는 책들이 다시 떨리기 시작했다.

"서, 선생님선생님선생님! 책이! 또 책이~?!"

"제기라아아알! 우리를 놓칠 생각이 없다는 거냐아아아!"

공포가 일정 수준을 뛰어넘자 분노가 앞선 모양이었다.

"좋다! 어디 한 번 해보자!"

갑자기 멈춰선 글렌은 옆구리에 낀 시스티나를 내던지고 등을 돌렸다.

그리고 품속에서 결정 같은 물체를 꺼내어 왼손에 쥐고 오른손을 소리가 나게 쳤다.

그 낯익은 동작에 시스티나는 엄청나게 불길한 예감이 들었다.

"서, 선생님……? 지금 그건 설마……."

"흑마 개량형 【익스팅션 레이】의 발동 촉매다."

"여, 역시?!"

"후후후, 세리카의 말을 빌리자면 『사신(邪神)조차 죽일 수 있는 최강의 어설트 스펠』……. 고작해야 유령 따위가 버틸 수 있을까 보냐!"

글렌의 눈은 완전히 이성을 잃고 있었다.

"자, 잠깐만요! 【퓨리파이 라이트】 같은 물리적으로는 아무런 영향도 없는 주문이라면 또 모를까, 【익스팅션 레이】 같은 위험하기 짝이 없는 파괴 주문을 지금의 정서불안 상태로 썼다가 폭주하면 어쩌시려구요! 도서관이 날아가는 정도론 끝나지 않는다구요!"

"이젠 됐어. 죄다 날려버려 주마. 이딴 헌책들……. 어차피 이걸로 해결이다. 안 그래?"

"전혀요! 제발 성급하게 굴지 마세요!"

글렌이 엄청나게 부정확한 발음으로 흑마 개량형 【익스팅션 레이】의 주문을 외우기 시작하는 것을 보고 시스티나가 울상이 돼서 매달린— 순간.

"어라? 선생님이랑 시스티…… 이런 데서 둘이서 뭐 하세요?"

뒤에서 긴장감 없는 목소리가 들렸다.

"……응?"

"……어?"

뒤를 돌아보았다.

그곳에는 어리둥절한 얼굴로 고개를 갸웃하는 루미아가 평범하게 서 있었다.

"……루, 루미아?"

"왜 네가 여기에……?"

『어? 그분들은 루미아 씨의 친구분들이셨나요. ……이거 참 미안한 짓을 한 것 같네요.』

소년 모습의 망령이 조금 전까지의 무시무시한 표정은 어디로 간 건지 친근한 분위기로 다가왔다.

"아, 라이츠 씨. 그러고 보니 이게 라이츠 씨의 책 아닌가요?"

유령 소년의 모습을 본 루미아가 품에 안고 있던 한 권의 책을 들어 보였다.

『오, 오오오! 그, 그거예요! 그게 맞습니다! 저기…… 실례지만…… 내용은……?』

"괜찮아요. 안 봤어요."

『가, 감사합니다! 루미아 씨, 정말로 감사합니다!』

유령 소년은 흐느끼며 감사했다.

"이게……."

"……대체 무슨 일이래?"

글렌과 시스티나의 뇌내 연산 처리능력은 이미 한계에 다다랐다.

생전 이름을 라이츠 니히라고 밝힌 유령의 설명을 들은

글렌은 한숨을 내쉬고 상황을 정리했다.

"다시 말해, 넌 루미아가 조금 전에 가져온 그 책에 씐 유령이고…… 그 책에 누군가가 접근하면 이상 현상을 일으키는 걸로 겁을 줘서 쫓아냈다는 건가?"

『예……. 전 무슨 일이 있어도 이 책만큼은 남들이 못 보게 하고 싶었거든요…….』

유령 소년이 미안한 얼굴로 대답했다.

『그리고 지난달, 서적이 대량 입하되는 동시에 책장을 대규모로 정리하는 통에 제 빙의체인 그 책이 어디론가 사라져서…… 제 책이 있을 법한 구역으로 접근하는 사람들은 전부 겁을 줘 쫓아낼 수밖에 없었던 겁니다. ……진심으로 죄송하다는 생각은 했습니다만.』

"그, 그건 뭐 그렇다 치고…… 왜 루미아랑 당신이 그렇게 친한 거지? 당신, 루미아에게 무슨 짓을 한 거야?"

시스티나의 말투에는 가시가 있었다. 그녀는 남들보다 훨씬 루미아를 아끼고 있으니 그럴 만도 했다.

『그게 말이죠……. 루미아 씨도 평소처럼 무한 회랑, 책의 폴터가이스트 현상, 그리고 제 모습으로 겁을 줘서 쫓아내려고 했는데…… 눈곱만큼도 무서워하질 않더라고요. ……오히려 저한테 소중한 친구의 물건을 찾아야 한다는 말부터 꺼내더군요.』

"……"

"……."

라이츠의 말에 글렌과 시스티나가 침묵했다.

『무서워하지 않는 사람을 겁주려고 하는 것도 바보 같으니 사정을 밝히고 서로가 찾는 걸 도와주기로 한 겁니다.』

"아하하, 딱히 대단할 것도 없잖아요. 그야 무한 회랑, 폴터가이스트 현상, 그리고 유령의 존재는 현재 마술이론으로 확실히 해명된 거잖아요?"

루미아는 방긋 웃었다.

"선생님과 시스티라면 분명 저보다 유령에 관해 아는 게 많을 테니 라이츠 씨를 조금도 무서워하지 않았을걸요?"

"……으, 응. ……뭐, 그랬겠지."

"아, 아하하…… 응, 뭐……."

밝게 웃는 루미아 앞에서 글렌과 시스티나는 왠지 말꼬리를 흐렸다.

"그, 그런데 그렇게까지 해서 남들에게 보여주고 싶지 않은 그 책…… 대체 뭘 썼길래?"

글렌은 루미아가 손에 들고 있는 책으로 시선을 돌렸다.

『소설입니다.』

"소설?"

『예, 그 책은 제가 어릴 때 쓴 소설이라서요.』

"음~ 확실히 활판인쇄서나 사본이라기보단 다이어리에 가까운 스타일인데……."

"아아아아앗~?!"

그 순간, 갑자기 시스티나가 고함을 질렀다.

"소설! 라이츠 니히! 호, 혹시 당신, 환상 소설가인 그 라이츠 니히 씨의 유령인가요?!"

"응? 그건 또 누구야? 아는 사람이냐? 하얀 고양이."

"선생님은 모르세요?! 라이츠 니히 씨로 말할 것 같으면 『로망 서처』 등의 저서로 알려진 한 세대 전의 엄청 유명한 환상 소설가잖아요! 본 적도 없을 듯한 고대유적을 마치 실제로 본 것처럼 표현하는 걸로 유명한 데다, 전개도 박진감 넘치고 극적이라 환상 소설의 역사적 대가라는 평까지 받은 분이시라구요. 라이츠 씨의 작품을 읽고 저도 취미로—."

약간 흥분한 상태로 떠들던 시스티나가 갑자기 입을 다물었다.

"라이츠 씨의 작품을 읽고 저도 취미로…… 뭐?"

"……아무것도 아니에요."

"응?"

시스티나가 갑자기 언짢은 얼굴로 입을 다물자 글렌은 고개를 갸웃했다.

『시대가 바뀌었는데도 제 작품의 애독자가 계시다니 참으로 쑥스럽군요. ……감사합니다.』

라이츠는 수줍은 듯이 웃었다.

『저도 말년에 이르러서야 겨우 환상 소설의 대가라고 불리게 됐습니다만…… 어릴 때…… 딱 이 정도 모습이었던 무렵에 쓴 건 도저히 눈 뜨고 볼 수 없는 물건이었지요.』

"호오? 프로 작가님에게도 역시 그런 시절이?"

『예. 예를 들자면 주인공은 이상할 정도로 최강 능력 설정을 잔뜩 덧붙인 천하무적인 데다, 쿨하고 퉁명스러운데도 왠지 모르게 남을 끌어당기는 매력이 있다 보니, 딱히 이유도 없이 여자에게 늘 인기가 넘치는 하렘 상태. 아무리 굳은 신념을 가진 적이라도 주인공이 조금만 설교하면 「큭! 네가 뭘 알아!」라면서 쉽게 동요한 끝에 논리적으로도, 물리적으로도 완전히 패배하고 개심하는 데다 결과적으로는 누구나가 주인공에게 찬사를 보내는…….』

"응……. 왠지 듣기만 해도 몸이 근질근질하네."

글렌의 뺨이 부들부들 경련을 일으켰다.

『제가 병으로 죽기 직전에 처에게, 제가 죽거든 이 다이어리를 태워버리라는 유언을 남겼습니다만, 어찌 된 노릇인지 태워지지 않고 우여곡절 끝에 이 부속 도서관의 장서로……. 행여나 이딴 게 남들 눈에 띈다면 전 부끄러워서 죽어버릴 겁니다!』

"이미 죽었잖아."

『그리고 이 다이어리가 이 세상에 존재하는 한 저는 영원히 승천하지 못합니다! 죽어도 눈을 감을 수가 없다고요! 아아, 전 대체 어찌해야!』

라이츠는 머리를 부둥켜안고 몸을 웅크렸다.

"태워버리는 건…… 무리겠죠?"

루미아가 복잡한 표정으로 글렌을 쳐다보았다.

"뭐, 그렇겠지. 어릴 때 쓴 거라고는 해도 듣자 하니 꽤 유명한 소설가 양반의 직필 수기라잖아? 가치가 지극히 높을 테고. 아무리 소설이라고는 해도 당시의 풍조와 풍속과 유행을 엿보는 역사적 자료가 될 수도 있어. 나도 학자 나부랭이로서 그 선택만큼은 피하고 싶은걸."

"흉악한 주문으로 귀중한 책들을 싹 다 날려버리려고 한 사람과 동일 인물이 한 발언이라고는 도저히 생각할 수 없네요."

지극히 상식적인 글렌의 대답에 시스티나의 냉정한 태클이 빛을 발했다.

하지만 글렌은 무시하고 라이츠에게 시선을 돌렸다.

"이봐, 라이츠 씨."

『예?』

글렌은 자신이 걸친 로브의 등쪽 벨트에 꽂아둔 책을 꺼내서 라이츠에게 내밀었다.

『이 책은?』

"그냥 잔말 말고 읽어 봐."

글렌의 의도를 파악하지 못한 라이츠는 이상하다는 얼굴로 책을 받아서 펼쳤다.

『……이, 이건……?!』

그러자 라이츠는 유령 주제에 얼굴을 새빨갛게 물들이면서『우와아……』라든가『세상에……』라고 중얼거리며 계속 페이지를 넘겼다.

"선생님? 대체 무슨 책을…….."

"뭐, 보기나 해."

루미아의 질문에 글렌은 자신만만하게 대답했다.

이윽고 끝까지 다 읽은 라이츠가 책을 덮었다.

『다행이다…….』

그리고 하늘에서 라이츠를 향해 빛이 쏟아졌다.

『아아, 정말로…… 다행이다……. 이 책에 비하면…… 내가 어릴 때 쓴 소설은 훌륭한 순문학이었어…….』

"그래, 맞아. 라이츠. 이 세상에는 말이다, 밑에는 밑이란 게 있는 법이거든."

『후후, 왠지 이상한 위로 방식이지만…… 솔직히 안심했습니다. ……이제 이 세상에 미련은 없군요…….』

"홋…… 그러냐."

『예. 이걸로 작별입니다. ……안녕히, 여러분. 짧은 시간이었지만…… 여러분을 만나길 잘했어요…….』

그리고—.

『그럼 안녕히…….』

편안함이 가득한 표정의 라이츠가 빛무리 속으로 사라졌다.

이윽고 빛이 사라졌다. 그 후에 남은 건 라이츠가 마지막으로 읽은 책뿐이었다.

"이 세상에 눌러앉은 망령들이 모두 살아있는 자에게 적의를 품고 있는 건 아니야. 이 세상에 남은 미련이 원인이 돼서 현세에 머무르는 영혼도 있어. 그걸 대화 등으로 해소하여 승천시켜주는 경우도 가끔 있지. ……음, 나중에 수업에서 한 번 다뤄볼까."

글렌은 의기양양하게 말하더니 바닥에 떨어진 책을 주워 들었다.

"그런데 어릴 때 쓴 흑역사 작품이 미련으로 남은 유령을 승천시킬 정도였을 줄이야…… 이 소설, 진짜 심각하구만."

그리고 실실 웃으면서 페이지를 펄럭펄럭 넘겼다.

"응. 다시 읽어봐도 진짜 심각하네. 뭐야 이게. 꺄하하하하하하! 우와아, 으아아아……."

"선생님…… 그 책은?"

"아, 이거? 낮에 책 빌리러 도서관에 왔을 때 근처에 있는 적당한 책장에서 우연히 찾은 소설이야. 내 취향과는 장르가 다르지만 그걸 뛰어넘을 정도로 재밌어서 말이지. ……물론 다른 의미로!"

글렌은 웃음을 참고 루미아에게 책을 보여주었다.

"어느 여학생과 교사의 금단의 연애소설 같은데 말이지~. 이게 또 내용이 참 처참하더라고. 이 소설의 작가는 솔직히 글재주가 눈곱만큼도 없어!"

"그 정도예요?"

"표현이나 문장을 지나치게 미사여구로 치장한 데다 과장스러운 대사에 닭살이 돋는다고. 스토리도 작가 입맛대로인 전형적인 전개를 남발하지 않나. 애초에 등장인물 설정부터가…… 풋!"

글렌은 뭔가를 떠올린 것처럼 웃음을 터트리더니 책 내용을 설명했다.

"어느 히로인 시점에서 전개되는 이야기인데, 이 히로인 여학생이 또 엄청난 미소녀라는 설정인 데다 다양한 미남들에게 엄청 인기가 많은데도 쌀쌀맞게 굴면서 거들떠보지도 않아. 이 교사도 그런 히로인에게 반한 남자 중 한 명인데, 이 자식, 평소에는 엄청 글러 먹은 강사인데도 비상시에는 히로인을 위해 불속이든 물속이든 뛰어든다는 느낌이라…… 그걸 보고 히로인은 「아아, 난 정말 죄 많은 여자구나」라고 하는 거 있지?"

"우와아…… 믿음직한 성인 남성에게 한결같은 사랑을 받는…… 어쩐지 사춘기 여자애가 동경할 법한 전개네요. 그건."

이야기의 개요를 들은 루미아가 쓴웃음을 흘렸다.

"응? 너도 이런 걸 동경하는 거냐?"

"아하하, 저도 여자애라구요? 그런 시추에이션을 동경하긴 해요."

그리고 루미아는 뒤에 있는 시스티나를 돌아보았다.

"그치? 시스티."

"⋯⋯⋯⋯⋯⋯⋯⋯응."

어째선지 시스티나는 어둠 속에서도 알 수 있을 정도의 새파란 얼굴로 식은땀을 철철 흘리고 있었다.

"그런데 이 책을 대체 누가 쓴 걸까⋯⋯. 책등에 제목도 없고 작가 이름도 안 적혔는데⋯⋯."

그 순간 시스티나가 천천히 움직였다. 마치 뭔가에 씐 것처럼⋯⋯.

"책 재질도 염소 가죽에 벨트가 달린 걸 보니⋯⋯ 책이라기보단 다이어리에 가까운 거 같고. ⋯⋯자세히 보니 종이도 새 거고 잉크도 아직 덜 말랐어. 마치 최근에 쓴 것처럼⋯⋯ 어라? 이 책, 중간에 내용이 끊겼잖아? 쓰다 만 건가? 묘하네. 보통 이런 책을 도서관에 들여놓나?"

글렌이 페이지를 넘기다가 고개를 갸웃하는 사이에 시스티나가 천천히 뒤로 접근했다.

그리고 글렌의 손가락이 마지막 페이지에서 멈췄다.

"오? 마지막 페이지에 무슨 이름 같은 게 적혀 있는데? 어디 보자⋯⋯ 시스―"

퍼억!

……신기하게도 글렌의 의식은 마치 『두꺼운 책 모서리로 정수리를 강타당한 듯한 통증』과 함께 어둠 속으로 가라앉다가 완전히 끊어졌다.

…….

"야, 글렌. 괜찮아?"

찰싹, 찰싹.

뺨을 가볍게 두드리는 감촉에 어둠 밑바닥을 헤매던 의식이 각성했다.

"으……."

눈을 뜨자 위아래가 거꾸로 된 세리카의 얼굴, 그리고 그 뒤에 펼쳐진 별 하늘이 시야에 들어왔다.

뒤통수에는 부드러운 감촉이 느껴졌다. 아무래도 세리카의 무릎을 베고 누워있었던 모양이다.

"여, 여긴……?"

상체를 일으켜서 주위를 확인했다.

부속 도서관 정면 출입구 앞에 있는 광장이었다.

"저 두 사람에게 이야기는 들었어. 잘했다, 글렌. 루미아 양을 무사히 구출하는 데 성공했다며?"

세리카의 뒤에는 루미아와 시스티나가 걱정스러운 표정으로 글렌의 안색을 살피고 있었다.

"우리가 대 영적 존재용 마도 의장을 준비하는 사이에 직접 도서관에 쳐들어가서 사건을 해결할 줄이야. 과연 내 제자답군. 칭찬해주마."

"에잇, 그만해."

글렌은 싱글벙글 웃으며 자신의 머리를 쓰다듬는 세리카의 손을 거칠게 뿌리쳤다.

"그렇다곤 해도 마지막에 와서 그 꼴이 뭐냐, 글렌. 너, 저 두 사람에게 듣자 하니 우연히 책장 위에서 떨어진 책이 정수리를 직격하는 바람에 기절했다며? 방심했군."

"……그랬어?"

글렌은 세리카의 뒤에 있는 루미아와 시스티나를 쳐다보았다.

"……아, 예……. 맞아요."

"으, 응. 그래요, 선생님! 저, 정말이지, 이상한 데서 빈틈이 많다구요! 아, 아하하하……."

루미아가 왠지 어색하게 웃었고 시스티나는 왠지 거동이 이상했다.

"뭐, 커다란 혹이 생겼길래 치료해뒀다. 문제없어."

"그랬던 건가……. 칫, 마지막에 와서 이런 실수를…… 응?"

글렌이 갑자기 주위를 두리번거렸다.

"그러고 보니…… 그 책은 어디로 갔지? 야, 루미아. 하얀 고양이. 아까 그 책 어디에 있는지 몰라? 그거 있잖아. 내가 빌린 그거."

"예? ……아, 그게…… 저기…… 그러니까…… 글쎄요."

"어, 어느샌가 사라졌지?! 정말로 그 책, 대체 어디로 간 걸까?! 차, 참 신기하기도 하지……."

루미아가 왠지 어색하게 웃었고 시스티나는 왠지 거동이 이상했다.

"……응? 뭐, 아무렴 어때. 그런데 우연히 책장에서 떨어진 책이 그 밑에 있는 사람을 직격하고…… 틀림없이 있었던 책이 어느 틈엔가 사라졌다라……. 이게 진짜 우연일까? 실은 아직 도서관의 이상 현상이 해결되지 않은 걸지도……."

그런 두 사람의 태도에 딱히 의문을 품지 않은 글렌은 일어나서 크게 기지개를 켠 후, 목을 풀며 도서관을 올려다보았다.

"나 원 참, 유서 깊은 도서관은 역시 마굴이군. 당분간 여길 이용하는 건 자제할까……."

"그……그러네요……. 응, 분명 그렇게 하시는 편이 좋을 거예요! 도서관은 참 무서운 곳이었구나~. 아, 아하하……."

시스티나의 메마른 웃음소리가 한밤의 학교에 작게 울려 퍼졌다.

여담으로, 훗날 학교의 부속 도서관에서 즐거운 듯 소설을 쓰는 유령 소년이 출몰한다는 소문이 퍼지면서 목격담이 다수 발생했지만…… 그건 또 다른 이야기.

마술강사 글렌 무모편

Magic instructor Glenn and his story of recklessness

Memory records of bastard
magic instructor

"자, 그럼…… 어떻게 할까."

그날 밤.

알자노 제국 마술학원 마술강사 글렌은 식객으로 머무는 세리카의 저택 한켠을 차지한 자신의 방에서 탄식했다.

"분명 이 순서대로 하면 연성은 할 수 있어. 연금솥을 쓰는 법도 숙달할 수 있지. 숙달할 수는 있지만……."

글렌은 손에 든 책의 글귀로 다시 시선을 내렸다.

"이 방식으로는 연성 과정의 근본적인 원리를 전혀 알 수가 없잖아……."

벌써 몇 번째인지 모를 한숨을 내쉬었다. 책을 편 채로 옆에 있는 작은 테이블 위에 올려둔 후, 침대 위에 몸을 던졌다.

"자, 그럼…… 어떻게 할까."

몇 번이나 같은 말을 중얼거리며 무의식적으로 은은한 촛불이 비추는 주위를 둘러보았다.

사방의 벽이 마술 관련 서적을 빼곡하게 채운 책장으로 덮인 무미건조한 방이었다.

원래는 세리카의 서재였지만, 어렸을 때 책을 보려고 이 방에 자주 들락날락한 것이 계기가 되어서 그대로 자신의 방으로 삼은 경위가 있는 곳이었다.

기분 전환 겸 과거의 기억을 떠올리던 순간—.

똑, 똑, 똑.

"들어간다. 글렌."

몇 번 노크 소리가 들린 후 대답도 기다리지 않고 방의 문이 열렸다.

문 너머에는 찻주전자를 비롯한 다기 한 세트를 나무 쟁반 위에 담은 세리카가 서 있었다.

"차 끓여왔다. 마실 거지?"

"……응, 그러지 뭐."

글렌은 노크할 필요가 없었던 게 아니냐는 말을 목구멍으로 삼키고 세리카의 후의를 솔직하게 받아들이기로 했다. 노크에 관해서는 이미 몇 번이나 말해도 소용없어서 예전에 포기했다.

침대에서 몸을 일으키고 조용히 테이블 앞으로 이동했다.

"후후, 실은 에클산(産) 특제 찻잎을 오랜만에 입수했거든. 제대로 맛을 음미하면서 마셔 봐."

"홍차 맛이야 다 똑같은 거 아냐?"

"홋, 뭘 모르는군."

그래도 세리카는 의기양양하게 테이블 위에 쟁반을 올려놓고 능숙하게 차를 준비했다.

미리 따듯하게 덥혀둔 두 개의 찻잔으로 호박색 액체가 촘촘한 철망을 통과하며 흘러내렸다. 은은한 수증기가 피어오르자 확실히 평소와는 다른 상쾌한 향기가 주위에 감돌면서 코를 간지럽혔다.

"자."

세리카는 설탕을 담은 용기에서 설탕을 한 스푼 찻잔에 넣고 가볍게 휘저은 후에 글렌에게 그 찻잔을 내밀었다.

'진짜 맛있네……. 뭐야 이건?'

찻잔에 입을 댄 순간, 도저히 말로 다 표현할 수 없는 강렬한 향기와 순한 풍미가 코와 혀를 부드럽게 스쳐 지나갔다.

아무리 차를 잘 모른다고 해도 이게 평범한 찻잎이 아니라는 건 알 수 있었다.

"으음……."

글렌은 분한 듯이 입을 다물었다.

세리카는 그런 그의 모습을 만족스러운 듯 의기양양한 표정으로 관찰했다. 고급스러운 향기를 즐기면서 우아한 동작으로 찻잔에 입을 댄 순간—.

"어?"

문득 테이블 구석에 펼친 채로 덮어 놓은 책의 존재를 눈치챘다.

세리카는 비어있는 손으로 그 책을 들고 펼쳐둔 페이지를 눈으로 훑었다.

"어라? 이건 학교의 연금술 실험 교과서인가?"

"……응? 아, 뭐 그렇지. 내일 우리 반 수업에 연금술 실험이 있거든."

"그렇군. 수업 준비라는 건가. 너도 이젠 제법 교사다워졌군."

"시끄러. 그냥 냅둬."

세리카는 토라진 듯 홍차를 들이켜는 글렌을 보고 히죽히죽 웃으면서 다시 교과서를 읽었다.

"호오, 그리운걸……. 이건 적마정석 연성인가? 요즘 학생들은 쐐 어려운 걸 배우는군그래……."

찻잔을 기울이면서 글자를 눈으로 좇던 세리카의 움직임이 갑자기 멈췄다.

"……응? 마광석에서 직접 변환 정련을 한다고? 아~ 그런 거군. ……연금솥을 쓰는 건가. 확실히 이 방식이라면 간단하겠지. 이게 요즘 추세인가……. 뭐, 시대가 바뀌었다는 거군."

세리카는 가볍게 웃더니 다시 교과서를 테이블 위에 그대로 덮어놓았다.

"개인적으로 적마정석의 연성이라면 역시 분해 재결정법인데…… 하긴 분해 재결정법 같은 낡아 빠진 연금기법은 이제 와선 아무도 안 쓰려나……."

"분해 재결정법인가……."

세리카의 말을 들은 글렌이 혼잣말을 중얼거렸다.

"오? 글렌, 기억하는 거냐? 분해 재결정법."

"……당연하지. 옛날에 너한테 배워서 실컷 해봤잖아."

"그랬었지. 그리운걸~. 처음으로 분해 재결정법으로 적마정석을 연성했을 때의 네 놀란 얼굴과 기뻐하는 표정이 참…… 크크크…….”

“그, 그딴 건 잊어버려! 바보!”

세리카가 의미심장하게 웃자 글렌은 얼굴을 붉히면서 독설을 내뱉었다.

‘그건 그렇고…… 분해 재결정법이라.’

그 단어를 듣고 깨달았다.

이 방식이라면 결과물이 어떤 식으로 연성되는지 그 이론과 순서를 확실히 이해할 수 있으리라.

원소와 물질을 다루는 연금술의 요체는 이 세상의 온갖 원소와 물질을 구성하는 『근원소(根源素)』의 배열 변환에 있었다.

그 오리진의 배열 변환 과정은 『연성식』이라고 불리는 식으로 표시할 수 있지만, 분해 재결정법이라면 그 『연성식』을 처음부터 끝까지 하나씩 눈으로 확인할 수 있다.

필요한 소재를 전부 연금솥에 처넣고 정해진 순서대로 주문을 외우면 알아서 결과물을 연성해주는…… 그런 근대부터 유행한 기법으로는 불가능한 일이었다.

‘하지만 분해 재결정법을 수업에서 다룬다고 치면…… 결합촉진 촉매는 어디서 구하지?’

분해 재결정법에는 결합촉진 촉매라는 마술 시약이 반드시 필요했다. 하지만 연금솥이라는 편리한 마도구를 쓰는 연금술이 주류가 된 현재는 어디서도 팔지 않았고, 애초에 보존성이 나쁜 약품인 탓에 세리카조차 재고를 비축해두지 않았다. 이 촉매를 쓰려면 자신이 직접 조합하는 수밖에 없었다.

'그런데 이 촉매 조합, 번거로운 데다 시간이 걸린단 말씀이지…… 학생 전원 분량을 준비하려면 많은 양이 필요할 테니…… 지금부터 시작해도 밤샘 확정이겠군.'

글렌은 방구석에 있는 벽시계를 노려보면서 떨떠름한 얼굴로 한숨을 내쉬었다.

그런 그의 얼굴을 지그시 관찰하던 세리카는 남은 차를 다 마시고 불쑥 이런 말을 꺼냈다.

"아, 맞아. 그러고 보니 오늘 지하 마술공방 문을 잠가두는 걸 깜빡한 것 같은데…… 시약의 재고도 요즘은 얼마나 있는지 확인한 적 없으니까 조금 정돈 뭐가 없어져도 모르겠는걸."

"……무슨 의도로 하는 소리야?"

"글쎄?"

글렌이 흘겨보자 세리카는 모른 척 흘려 넘기고 자리에서 일어났다.

"자, 그럼 난 이만. 슬슬 자야겠군."

세리카는 다기 세트를 척척 치웠다.

"너도 일찍 자라. 아무튼 밤샘은 건강의 적이니까……. 후훗."

"……."

글렌이 입을 굳게 다물었지만 세리카는 다 안다는 얼굴로 냉큼 방을 나갔다.

정적이 주위를 지배했다.

글렌은 멍하니 테이블 위의 책을 바라보았다.

"흥, 바보 같군."

이윽고 코웃음을 친 후 다시 침대 위로 몸을 던졌다.

"촉매 조합 때문에 밤을 새워? 내가 왜 그 녀석들을 위해서 그런 것까지 해줘야 하냐고……."

투덜대며 양팔로 팔베개를 하고 다리를 꼬았다.

"애들은 연금솥이면 충분해! 난 이제 잘 거다! 안녕히 주무세요!"

그렇게 글렌은 눈을 감았다.

"……………."

……다음날.

글렌은 마술학원의 연금술 실험실에 있는 교단 앞에서 낭랑하게 선언했다.

"오늘 연금술 수업 시간에는 연금솥은 안 써! 고전적인 분해 재결정법으로 할 거다!"

""""예에에에에~?!""""

난데없는 선언에 실험실 전체가 들썩였다.

"또 갑자기 엉뚱한 소리를⋯⋯."

여느 때와 다름없는 글렌의 기행에 시스티나는 기가 막힌 표정으로 관자놀이를 눌렀다.

"선생님의 변덕에는 이제 참견하지 않을 건데⋯⋯ 뭔가 잊으신 건 없어요? 분명 분해 재결정법으로 적마정석을 연성하려면 결합촉진 촉매가 필요할 텐데 그런 걸 수업 시간 중에 조합할 여유는—."

쿵!

그 순간, 글렌이 교탁 위에 무거운 금속 상자를 올려놓았다.

"걱정하지 마라. 그런 거라면 빈틈없이 너희들 전원이 쓸 만큼 준비해왔으니까!"

"예?! 어, 어떻게⋯⋯."

"훗! 사실 내 지인 중에 이런 시약 조합을 잘하는 녀석이 있거든! 이 수업에 늦지 않도록 미리 부탁해뒀지! 뭐, 이것도 전부 다 내 인덕 덕분이겠지만⋯⋯."

말은 그렇게 의기양양하게 했지만 어째선지 글렌은 눈에 진한 다크서클이 생겨있는 데다가 몸까지 비틀거리는 초췌한 상태였다.

"그런 고로~ 오늘 연금술 실험은 적마정석을 분해 재결정법으로 연성하는 거다. 반대하는 자식은 학점 안 줄줄 알아."

"횡포야⋯⋯."

"진정해, 시스티. 분명 선생님도 무슨 생각이 있으신 걸 거야."

글렌의 변함없는 기상천외한 행동에 시스티나는 기가 막힌 얼굴로 한숨을 내쉬었고, 루미아는 그런 그녀를 달랬다.

술렁거리던 학생들도 담당 강사가 저렇게까지 말했으니 어쩔 수 없다는 식으로 받아들이기 시작한 순간—.

"저, 저는 단호히 반대해요!"

어깨를 부들부들 떨면서 일어선 학생이 있었다. 글렌이 맡은 반 학생 중 한 명인 트윈테일 소녀 웬디였다.

"분해 재결정법 같은 마술사가 아닌 사람도 쓸 수 있는 낡아빠진 방식을 진정한 마술사를 목표로 삼은 저희가 굳이 배울 필요는 없잖아요!"

"넌 손재주가 없으니까 실제로 손으로 기구나 시약을 다뤄야 하는 실험이 싫은 것뿐 아닌가?"

"시끄러워요! 기블!"

안경을 낀 소년, 기블이 바로 빈정거리자 매섭게 차단했다.

"아, 아무튼 저는 연금솥을 쓰는 주문 제어의 연성법 실험을 요구하겠어요! 이 방식이야말로 진정한 마술사에게 어울리는 화려한 연성법인걸요!"

"흠, 진정한 마술사라……."

그런 웬디의 발언에 뭔가 느끼는 바가 있는지 글렌이 고개를 끄덕였다.

"좋아, 알았다. 그렇게까지 말한다면 연금솥을 써볼까."

쉽게 뜻을 굽히자 다시 학생들이 술렁거렸다.

"다만! 연성하는 건 적마정석이 아니다. 자염정석이다."

"······예?!"

웬디의 표정이 굳었다.

"적마정석이 아니라······ 자염정석이라구요······? 그, 그런 건 무리예요! 자염정석을 연성하는 방법은 아직 배우지도 않았고, 그걸 연성하는 연금솥 사용법도 아직 조사하지 않았다구요! 갑자기 자염정석을 연성하시라고 한들 가능할 리가─."

그 순간, 글렌이 분필로 칠판 위에 뭔가를 쓰기 시작했다.

머지않아 칠판에는 다종다양한 기호와 숫자가 조합된 두 개의 2차원적인 식이 완성되었다.

"위가 적마정석. 아래가 자염정석의 배열 구조식이다. 잘 봐. 적마정석과 자염정석의 구조는 거의 동일해. 화소(火素), 수소(水素)의 수치가 아주 약간 다를 뿐이지. 이 정도로 비슷한 걸 넌 못 만든다는 거냐? 응? 웬디 군."

"그, 그건······."

"배열 구조식과 연성식을 이해한 마술사가 연금솥을 쓰면 뭐든 대부분 자유자재로 연성할 수 있지. 그런데도 적마정석은 연성할 수 있으면서 자염정석을 못 만든다는 건 오리진 배열 변환의 연성식을 근본적으로는 이해하지 못했다는 증거야. 수박 겉핥기로 배운 물질밖에 연성 못 하는 게 네가 말하는 진정한 마술사냐?"

"으,으……."

도저히 반박할 말이 없는 웬디는 분한 듯 고개를 숙였다.

"그런 고로 오늘은 분해 재결정법으로 할 거다. 연성식을 이해하려면 이 케케묵고 느려터진 데다 번거로운 방식이 제일이니까."

씨익 웃은 글렌은 학생들의 자리 사이를 빠져나와서 실험실 구석에 있는 소재 창고로 이동했다.

"뭐, 속은 셈 치고 한 번 해봐. 그러면 너희들도 꽤 놀랄걸? 아무튼 이 방식으로 만들어진 적마정석은 천연물과 다르게……."

그리고 소재 창고 앞에 도착한 글렌은 양쪽 여닫이문을 열고— 그대로 굳어버렸다.

"……."

적마정석을 분해 재결정법으로 연성하려면 휘석(輝石)이라고 불리는 수정의 일종인 광석이 필요하건만…….

"휘석의 재고가…… 다, 떨어졌다고……?"

뺨을 실룩거리고 비지땀을 줄줄 흘리면서 새파래졌다.

"우와, 진짜 휘석이 하나도 안 남았네요."

말없이 굳은 글렌을 의아하게 여긴 시스티나가 어깨너머로 창고 안을 들여다보고 신음을 흘렸다.

"뜨아아아아아아아아! 제기랄! 휘석은 연금술의 기초 소재 중 하나잖아?! 소비품의 보충 정돈 제대로 해두라고!"

"저기…… 선생님? 이제 어쩌죠?"

루미아가 걱정스러운 목소리로 말을 걸었지만 글렌은 폭 포수처럼 비지땀을 흘리기만 할 뿐 대답이 없었다.

"어머나, 유감이네요. 선생님."

그러자 웬디가 의기양양한 목소리로 글렌에게 말을 건넸다.

"휘석의 재고가 없으니 이젠 어쩔 수 없네요. 이렇게 된 이상 처음 예정대로 연금솥을 써서 마광석으로 연성 을……."

"……자습이다."

"예?"

몸을 돌려서 학생 일동을 돌아본 글렌이 이성을 잃은 눈 으로 선언했다.

"지금부터 한 시간만 자습이다!"

"그, 그게 무슨 뜻……."

시스티나가 의문을 표했지만—.

"멍청아! 여기까지 와서 포기할 수 있을까 보냐아아아아!"

글렌은 엄청난 기세로 실험실 문을 발로 차서 열더니, 다 시 엄청난 기세로 복도를 질주했다.

신체 능력 강화 마술, 백마【피지컬 부스트】

글렌은 육체가 손상되기 일보 직전까지 신체 능력을 강화 하면서 달렸다.

"우오오오오오오오오오!"

고함을 지르며 마술학원을 뛰쳐나온 후에 폭풍처럼 페지테 거리를 돌파하고 부딪친 사람을 날려버리면서 상업지구에 도착.

"휘석을 내놔!"

그리고 수상한 마술 소재들을 진열한 마법 소재 상점에 쳐들어가자마자 그렇게 외쳤다.

"히익?! 강도?!"

글렌의 너무나도 무시무시한 표정에 상점 주인은 뒤집어진 목소리로 비명을 질렀다.

"잔말 말고 휘석 내놔!"

"드, 드리겠습니다! 드릴 테니 제, 제발 목숨만은~!"

"짜샤! 남 듣기 불편한 소리하지 마! 팔라는 뜻이라고!"

"예?!"

"얼마야! 부르는 대로 사주마! 난 시간이 없다고! 한시라도 빨리 돌아가지 않으면 촉매가 못 쓰게 된단 말이다!"

상인은 눈을 휘둥그레 뜨면서 대답했다.

"어, 그러니까…… 요즘 시세대로라면 휘석은 18리르 5크레스입니다만……."

"푸웁?!"

18리르 5크레스라면, 리르 금화 열여덟 개와 크레스 은화 다섯 개라는 뜻이다.

"웃기지 마아아아아아! 왜 휘석 따위가 그렇게 비싼 건데! 거의 내 월급이랑 맞먹잖아!"

"그렇게 말씀하셔도…… 요즘 휘석의 가격이 폭등하고 있어서…… 그리고 휘석의 판매는 한 통 단위라서요."

"……엥? 통?"

"저기 보이는 저겁니다. 저게 휘석 통입니다. 저기에 휘석이 들어있거든요."

상인이 가리키는 곳에는 거의 글렌의 키 정도쯤 되는 거대한 나무통이 놓여 있었다.

"당신 바보 아냐?! 저렇게 엄청난 양이 필요할 리 없잖아! 중량으로 5킬로스…… 대충 작은 통에 가득 담을 정도면 충분하다고! 낱개로 팔아!"

"아뇨, 그게…… 저희는 낱개로 판매는…… 애초에 본점은 어지간해선 개인 거래를 하지 않는 가게입니다만……."

"크윽~. 웃기지 마. 저렇게 많은 휘석을 대체 어디다 쓰라는 거야!"

"아, 남쪽 지역의 상점가까지 가시면 낱개로 파는 가게도……."

"왕복할 시간이 없다고. 그렇지 않아도 시간 아까워 죽겠는데……."

글렌은 잠시 머리를 부둥켜안고 벅벅 긁었다.

"에잇, 젠장! 그걸로 됐으니까 내놔! 한 통!"

그리고 포기한 건지 가죽 지갑을 계산대 위로 내던졌다.

"아, 예. 구입해주셔서 감사합니다."

"자, 결정! 이번 달 주식(主食)은 시로테로 결정! 하필이면 왜 어제가 월급날인 거냐고…… 제기라아아알!"

그리고 마술 물품의 거래 절차와 계산 때문에 거의 15분을 날렸다.

"얼른! 얼른! 얼르~~~은!"

"너무 그리 재촉하지 마세요. 마술 물품의 거래는 마도법 때문에 절차가 복잡하다고요……."

마침내 거래 절차가 끝났다.

초조해하면서 텅 빈 지갑을 주머니에 쑤셔 넣은 글렌은 거대한 나무통을 어깨에 짊어졌다.

"어?! 설마 직접 들고 가실 셈입니까?!"

"그 설마다!"

"수레나 짐 마차는……."

"그딴 건 없어! 으, 우오오오, 무거워……. 마술로 신체 능력을 강화했어도 역시 무거운 건 무거워어어어!"

"조, 조심해서 가세요……."

상인이 질겁했지만 글렌은 비틀거리며 가게 밖으로 나왔다.

마침 그 순간—

"여기냐! 조금 전에 이웃에서 신고가 들어온 강도가 들었다는 가게가!"

"주인의 비명이 들렸다더군."

페지테의 경비관 몇 병이 분주하게 글렌 앞으로 달려왔다.

"켁……."

글렌의 얼굴에서 핏기가 가셨다.

"저, 저것 봐! 가게 물건을 짊어지고 나오는 저놈이 범인이 틀림없어!"

"이 강도 자식! 이 페지테에서 악행을 벌이는 건 용서할 수 없다!"

"아, 아니에요……. 이건 제대로 돈을 지불하고 산 건데……."

"거짓말하지 마! 우린 이 가게에 강도가 들었다는 신고를 받았다고!"

"애초에 수레나 짐 마차도 없이 그런 상품을 대량으로 사는 바보가 세상천지에 어딨어!"

"주인이 큰 목소리로 살려달라고 비는 걸 근처에 사는 주민들이 다 들었거늘!"

"자세한 이야기는 서에서 듣겠다. 자, 얌전히 체포……."

"당할까 보냐아아아아아아아아아아아아아아아아!

글렌은 거대한 나무통을 짊어진 상태로 잽싸게 달렸다.

"앗?! 강도가 달아난다!"

"잡아! 잡으라고!"

"시간이 없다고! 너희들을 상대할 여유가 없단 말이다!"

마력을 전력으로 개방해서 한층 더 신체 능력을 끌어올렸다.

글렌은 무모한 능력 증폭으로 온몸이 욱신거리는 것을 느끼면서 마술학원을 향해 질주했다.

"뜨아아아아! 왜 내가 이런 꼴을 당해야 하는 건데! 방구석 폐인이었던 백수로 돌아가고 싶어어어어!"

페지테에 비통한 절규가 메아리쳤다.

"헉~ 헉~ 하아~ 하아~ ……그런 고로…… 하아~ 하아~ 쿨럭켈룩?!"

바로 조금 전에 돌아와서 교단에 선 글렌의 모습을 학생들이 참으로 미묘한 표정으로 바라보았다.

"헉~ 헉~ 휘석과 촉매는 다들 받았겠지……? 하아~ 하아~ 받은 거 맞지……? 헉, 헉…… 그럼 작업 개시! 일단 가르쳐준 대로 휘석을 최대한 잘게 부수고 막자사발로 뭉개……."

"저기, 질문 좀 해도 될까요? 선생님."

"헉~ 헉~. ……뭔데?"

"저기…… 괜찮으세요?"

시스티나는 자기도 모르게 시선을 피했다.

그 시선 끝에는 이상할 정도로 박력 넘치는 거대한 나무통이 당당하게 자리 잡고 있었다.

"그건…… 하아~ 하아~ 내 체력을 묻는 거냐? 아니

면…… 헉~ 헉~ 지갑 사정?"

"으음…… 그게…… 양쪽 다?"

"양쪽 다 괜찮을 리 없잖아!"

"하긴~ 그러시겠죠."

울상이 돼서 절규하는 글렌의 모습에 시스티나는 기가 막힌다는 듯 한숨을 내쉬었다.

"젠장…… 이제야 겨우 인간다운 생활로 돌아왔는데…… 또 내일부터 점심밥은 시로테 나뭇가지냐……."

루미아가 흐느껴 우는 글렌을 달랬다.

그 광경을 차가운 눈으로 지켜보던 웬디는 코웃음을 쳤다.

"……흥, 기가 막히네요. 사비를 털어서까지 케케묵은 방식을 고집하시다니……."

그리고 자신의 실험대로 시선을 내렸다.

"혹은 그렇게 하면서까지 이 방식을 가르쳐주고 싶다는 뜻일까요? ……어쩔 수 없네요."

그곳에는 휘석 두 조각과 약봉지에 싸인 촉매가 한 숟갈 분량. 그리고 이번 실험에서 쓸 각종 유리 용기와 소형 화로 — 연금술의 기본적인 실험도구가 갖춰져 있었다. 하지만 연금솥만 보이지 않았다.

"하아…… 모처럼 오늘이야말로 시스티나에게 화려하게 이겨주려고 연금솥 제어를 연습해왔는데 전부 소용없게 됐네요……."

그리고 투덜거리면서 휘석과 도구를 손에 쥐고 작업을 시작했다.

학생들의 실험은 글렌의 지도하에 순조롭게 진행됐다.

잘게 부순 휘석을 특수한 마술 용액에 녹여서 유리 플라스크에 담는다. 화로에 올려서 가열하거나 얼음주머니에 식히거나 하면서 다양한 시약을 추가하고, 여과 작업을 몇 번이나 반복하여 불순물을 제거하는 것으로 구조 배열을 조작했다.

"자~ 주목. 방금 루비스액을 플라스크 안에 한 방울 떨어트렸지? 그럼 바로 색이 붉은색으로 변했을 거다."

작업 중에 글렌이 연금술 실험실 앞에 설치된 칠판에 필기를 했다.

"즉, 방금 일어난 반응으로 이게 이렇게 돼서⋯⋯ 이 부분의 영소(靈素) 두 개가 빠지고⋯⋯ 그 대신 토소(土素)와 기소(氣素)가 이 순서대로 들어가면—."

숫자와 기호와 식을 빼곡하게 나열한 칠판에 화살표를 긋고 새로운 기호의 나열을 적거나, 어떤 기호에 선을 그어서 지우거나, 또 어떤 기호를 추가한 후 그 연산 결과를 아랫줄에 새롭게 적어서 표시했다.

"뭐, 방금 이런 배열 변환이 일어났다는 거다. 그 증거로 이 구조 배열식의 이 부분을 주목해봐. 이 오리진의 배열,

어디서 본 것 같지 않아? 그래. 루비의 구조 배열이야. 그래서 붉은색으로 변한 거다."

"그, 그랬구나……."

학생들은 감탄하며 글렌의 해설에 귀를 기울였다.

글렌이 설명하는 이 근본적인 배열 변환 이론은 연금솥의 고속 연성 작업으로 설명할 수 없다는 것을 뒤늦게나마 깨닫기 시작한 것이다.

"하지만 이 배열로는 아직 적마정석이랑 거리가 멀지? 그런 고로 이걸 한층 더 적마정석의 오리진 배열에 가깝게 하려면 홍연광을 아주 소량만 추가하는 거다. 참고로 이 홍연광의 무게 측정은 아주 진지하게 하도록. 조금이라도 양이 틀리면 작업이 전부 수포로 돌아갈 테니까."

그렇게 말하고 학생들의 실험 상황을 확인하고 다녔다.

"재밌네, 시스티."

루미아가 천칭으로 소재의 무게를 측량하는 작업 도중에 옆에 있는 시스티나에게 말을 걸었다.

"어려운 작업이 많지만, 왠지 하나하나씩 스스로 적마정석을 만든다는 기분이 들어."

"응……. 맞아."

시스티나는 핀셋으로 천칭의 한쪽 접시 위에 추를 신중히 올리고 평형을 가리키는 눈금이 멈추는 것을 기다렸다.

"이 용액이 어떻게 해서 그런 결정체가 되는 건지 궁금하지만…… 확실히 네 말대로야."

좌우로 흔들리던 눈금이 멈춘 것을 확인하고 한숨을 한 차례 내쉬었다.

"그리고 연성 이론도 굉장히 알기 쉬워. 세 번째 작업에서 더한 순수소정 분말을 빼면 자염정석이 된다는 것도 이제는 알겠어."

"그래. 응. 역시 선생님은 굉장해."

"……응."

시스티나는 모호하게 대답한 뒤 학생들의 실험을 확인하고 다니는 글렌의 모습을 눈으로 좇았다.

원래 글렌이 가르치는 수업은 수준이 높았다.

마술학원에 강사로 부임한 당시에는 어떤 사정 때문에 수업을 대충 했지만, 지금은 제법 성실해져서 학교에서도 이론과 실천을 중시한 매우 수준 높은 수업을 하는 것으로 유명했다.

사실 부임 당시부터 당당히 선언했던 마술 혐오는 지금도 여전했고, 수업 중에도 가끔 마술을 바보 취급하는 발언이 튀어나오는 나쁜 버릇이 남아있었다.

하지만…… 오늘 이 실험 중에는 그것조차 없었다.

지금의 글렌은 진지함 그 자체였다.

눈가에 진한 다크서클이 남은 초췌한 얼굴로 몸을 비틀거리고 있지만 본인은 그다지 신경 쓰이지 않는 모양이었다.

애당초 실험의 주요 소재인 휘석을 자비로 사 온 데다가, 옛 친구가 촉매를 만들어줬다는 이야기도 수상했다. 누가 봐도 수면 부족인 저 모습을 보고 예상하건대 직접 밤을 새가며 조합한 게 아니었을까?

'왠지 평소의 선생님 같지 않네……'

여느 때와 다른 글렌의 모습에 시스티나는 그저 의아해할 뿐 고개를 갸웃거렸다.

"자, 그럼 대충 작업이 진행된 것 같군. 다음은 배열계 안에 마나를 담는 작업이다."

"우와~ 결국 왔구나~."

"난 이 작업 싫은데~."

학생들은 실험대 위에 있는 작은 금속제 주사기와 금속 통 모양의 여과기를 보고 술렁거렸다.

"뭐 너희들도 어떻게 쓰는 건지는 알겠지만 복습이다. 그 주사기를 성수로 정화한 후에 자기 피를 살짝 뽑아. 그리고 여과기 위에 주사기를 꽂고 피를 그 안에 주입. 그렇게 하면 생체 마나가 풍부하게 포함된 투명한 혈청수가 밑에 있는 받침 접시에 떨어져서…… 뭐, 다들 잘 알겠지만."

이제 와서 새삼스럽게 설명할 필요도 없었는지 학생들은 하나같이 떨떠름한 얼굴이었다. 자신의 피를 마술에 쓰는 건 마술사로선 지극히 평범한 일이었지만 몇 번을 해도 익숙해지지 않는 작업인 건 사실이었다.

"정제한 이 혈청수를 조금 전에 만든 용액에 조금씩 떨어트려 봐. 이걸 연성식으로 어떻게 표현하는지는 나중에 설명해주마. 그럼 실험을……."

글렌이 실험을 재개하라는 말을 꺼내려는 순간이었다.

"싫어요."

단호한 거절 의사가 담긴 말을 입에 담은 학생이 있었다.

웬디였다.

"그런 작업, 전 거절하겠어요."

"뭐라고……?"

"어째서 제가 이 고귀한 피부에 스스로 상처를 내야 하는 거죠?"

갑자기 그런 말을 꺼낸 웬디를 보다 못한 시스티나가 항의했다.

"잠깐, 웬디…… 너, 이제 와서 그게 무슨 소리야? 피를 뽑는 작업은 지금까지 우리도 몇 번이나 했었잖아. 그런데 오늘은 왜……."

"토라진 거야."

시스티나에게 대답한 것은 입가에 희미하게 빈정거리는 미소를 지은 기블이었다.

"웬디는 손재주가 없잖아? 오늘 갑자기 수작업이 많은 실험으로 변경된 탓에 자기만 작업 진도가 느리니까 저러는 거겠지."

"닥치세요! 기블!"

부끄러움 때문일까. 아니면 화가 나서 그런 걸까. 웬디는 새빨개진 얼굴로 고함을 질렀다.

"어, 어쨌든 전 그런 작업은 결단코 반대하겠어요! 시집도 안 간 소중한 제 몸에 상처가 남기라도 하면 어떻게 책임지실 건가요! 저, 저, 절대로 작업이 느린 게 분하다든가, 화가 나서 투정을 부리는 게 아니라구요!"

웬디는 눈물을 글썽이며 이를 갈았다.

"이거 원……."

글렌은 기가 막힌다는 듯 탄식했다.

웬디의 종합 성적은 시스티나와 기블 다음인 3등이었다. 전통 있는 유력 귀족 가문 출신이라 자존심이 센 그녀는 실험이 제 뜻대로 잘 안 풀리는 게 어지간히 분했던 모양이었다.

"참 나, 어쩔 수 없군. 알았다. 그럼 내 피를 써."

글렌이 그렇게 말한 순간, 학생 전원의 시선이 모였다.

그의 성격대로라면 그럼 하지 말라고 면박을 줘도 전혀 이상할 게 없었다. 오는 사람은 거절하지 않고 가는 사람은 막지 않는 것이 글렌의 기본 스타일이었다.

그런 만큼 그 누구도 예상하지 못한 발언이었다.

아무래도 글렌은 학생들이 반드시 이 실험을 완수해주길 바라는 모양이었다.

"그리고 어려운 작업이 있으면 내가 도와줄 테니까 너무 그러진 말고. 조금만 더 하면 되니까 같이 애써 보지 않을래?"

"아, 으…… 그, 그런 거라면…… 저도 뭐……."

글렌은 우물쭈물 대답하는 웬디를 아랑곳하지 않고, 능숙하게 왼쪽 팔뚝을 끈으로 꽉 묶은 후에 주사기로 피를 뽑았다.

'윽……. 수면 부족에 피로랑 가벼운 마나 결핍증 때문인지 살짝 뽑은 건데도 아주 죽겠구만…….'

살짝 정신이 아득해지는 걸 견디며 피가 든 주사기를 웬디에게 건넸다.

"자."

"……이거 정말로 실험에 써도 괜찮은 건가요? 선생님 피는 왠지 더러울 것 같은데……."

"너, 나를 평소에 대체 어떤 눈으로 본 거야?! 울어도 돼? 진짜 운다?!"

"……농담이에요."

웬디는 피가 든 주사기를 받더니 새침하게 시선을 피했다.

"저기…… 선생님……."

"응?"

자신을 부르는 목소리에 고개를 돌리자 머리카락을 포니테일로 묶은 여학생, 린이 미안한 표정으로 서 있었다.

"그게…… 죄송한데요. 제가 쓸 것도 부탁드리면 안 될까요……?"

자세히 보니 린은 마스크를 쓰고 있었고 괴로운 듯 간간이 기침을 했다. 아무래도 감기에 걸린 모양이었다.

　그렇다면 어쩔 수 없다. 병으로 몸 상태가 안 좋은 학생의 피는 수업에서 쓰지 않는 것이 알자노 마술학원의 교칙이었으니까.

　"그래. 얼마든지."

　글렌은 미안해하는 린을 안심시키려고 씨익 웃어준 후 주사기를 받았다.

　그리고 조금 전과 똑같이 피를 뽑았지만—.

　'……으……어어……'

　또 현기증이 났다.

　하지만 글렌은 평정을 가장하면서 린에게 자신의 피가 든 주사기를 건넸다.

　"자."

　"앗……. 감사합니다!"

　그런 두 사람을 지켜보던 남학생들이 서로의 얼굴을 마주 보았다. 그리고 실실 웃으면서 글렌에게 말했다.

　"앗! 선생님! 제, 제 것도 부탁드려요~!"

　"이야~ 사실은 저도 감기라……. 콜록콜록콜록……."

　"야, 너희들만 치사하게! 시, 실은 저도 오늘은 몸 상태가 좀—."

　"어라~? 이상하네~? 나도 왠지 갑자기 열이—."

글렌은 시끄럽게 떠들어대는 남학생들을 지그시 바라보았다.

"잠깐, 너희들! 갑자기 그게 뭐 하는 짓이야!"

시스티나가 참지 못하고 벌떡 일어섰다.

"선생님께 너무 폐 끼치지 마! 직접 해! 직접! 너희도 마술사잖아?!"

"예~ 죄송합니다~! 직접 할—."

그 순간—.

"……알았다."

글렌이 불쑥 그렇게 중얼거리자 전원이 입을 다물었다.

"감기라면 어쩔 수 없지……. 내가…… 피를 나눠 줄 테니까…… 마지막까지 힘내보자고…….''

그렇게 말하면서 밝게 웃는 글렌의 눈은 왠지 초점이 맞지 않는 것처럼 보였다.

"어라? 아니, 선생님? 저희는 그게…… 가벼운 농담으로…….''

"자, 주사기 줘 봐."

"……으."

온화한 표정이지만 어딘지 모르게 위압감이 느껴지는 글렌의 태도에 학생들은 속절없이 주사기를 내밀었다.

푹! 쭈욱~.

"자, 다음."

"저, 저기, 선생님……. 역시 전 제 걸로 할 테니까……."

"하하하, 무리하지 마. 괜찮아. 나한테 맡기라고. 응?"

"……으으."

푹! 쭈욱~.

"자, 잠깐만요! 선생님! 그렇게 연달아 피를 뽑아도 괜찮으세요?!"

시스티나가 황급히 제지했다.

"괜찮아. 문제없어. 왠지 오히려 상쾌한 기분인걸……."

하지만 돌아온 것은 시원스러운 미소였다.

왠지 평범하지 않은 글렌의 반응에 시스티나는 일말의 불안을 느꼈다.

"자, 다음……."

푹! 쭈욱~.

"좋아. 다음……."

푹! 쭈욱~.

"다음……."

…….

"세리카! 아직? 아직이야?"

"하하하, 진정해라. 글렌. 이런 건 인내심이 중요해."

정신을 차리고 보니 글렌은 암갈색 풍경 속에서 세리카와 함께 연금술 실험을 하는 중이었다.

왠지 시선이 많이 낮아진 기분이 들었지만 이상하게도 위화감이 없었다.

"좋아. 마지막으로 그 유리관을 통해 가성 소다 용액을 떨어트려서 중화해볼까⋯⋯. 하나, 둘, 셋. 응, 이제 됐겠지. 열어 봐."

글렌은 기다렸다는 듯 금속 상자의 뚜껑을 열고 안에 들어있던 유리 원통을 꺼냈다.

"우와아⋯⋯."

그 안을 본 순간, 눈을 동그랗게 뜨고 표정을 밝게 빛냈다.

"이게 적마정석⋯⋯?"

"그래. 굉장하지?"

"응! 나 이런 적마정석은 난생처음 봐! 이건—."

"선생님~?! 정신 차리세요~! 선생님~!"

"⋯⋯응?"

몸을 흔드는 감각에 암갈색 풍경이 갑자기 사라지고 글렌의 의식이 현실 세계로 돌아왔다.

"어라? 여긴⋯⋯?"

주위를 돌아보자 여긴 마술학원의 연금술 실험실. 자신은 그 실험실 바닥에 대자로 누워 있었다.

허리를 구부리고 글렌의 몸을 흔드는 시스티나, 무릎베개를 해준 루미아를 비롯한 학생 전원이 걱정스러운 얼굴로 모여서 그를 내려다보고 있었다.

"선생님. 다행이다……. 정신을 차리셨군요. 갑자기 쓰러지셔서……."

루미아는 안도의 한숨을 내쉬었다.

"어라? 무슨 일 있었어? 분명…… 마침 적마정석 연성이 끝난 타이밍에……."

"안 끝났어요! 이제부터 시작이라구요! 아직 잠이 덜 깨신 거예요?!"

시스티나의 시끄러운 목소리를 떨쳐내듯 머리를 흔든 글렌은 바닥에서 일어났다.

"정말이지! 몸 상태가 안 좋을 때 피를 연속으로 뽑으시니까! 무슨 일이라도 생기면 어쩌시려구요!"

"선생님. 일단 응급처치로 증혈제를 투여했는데 기분은 어떠세요?"

루미아가 걱정스러운 듯이 글렌에게 물어보았다.

"응, 괜찮아. 갑자기 피를 뽑은 탓에 정신이 몽롱했었나 보군. 그래도 이젠 괜찮아. 정신 말짱해."

한편 시스티나는 잔소리를 그만두지 않았다.

"정말이지 진짜! 사람 놀라게 하기는! 선생님이 그렇게까지 애써주시는 건 감사하지만, 너무 사람 걱정시키지 말라구요!"

"미안하다."

"정말로 괜찮으신 거예요? 오늘은 처음부터 몸이 안 좋아 보였으니 힘드시면 실험을 중지하고 의무실에……."

"괜찮다니까. 자, 실험을 재개하자."

학생들이 그런 글렌의 모습에 안심하고 자기 자리로 돌아갔지만—.

"그런데 하얀 고양이……."

"예?"

"너한테는 늘 폐만 끼쳐서 미안하구나……."

"……예?"

"그리고 넌 변함없이 귀엽고 우수한 녀석이란 말이지. 진짜 흠잡을 데가 없는 여자애라, 너 같은 제자를 둔 나는 행복한……."

""""으아아~! 틀렸어! 역시 제정신이 아니야!""""

학생들은 다시 야단법석을 피웠고—.

"그, 그게 무슨 뜻이야!"

시스티나의 목소리가 앙상블을 이루었다.

그 후로도 한사코 실험 속행을 주장하는 글렌 때문에 작업은 착실하게 진행되었다.

몇 개의 공정을 거쳐서 사이펀 같은 유리 기구로 지금까지 조제한 용액을 증류했다. 그리고 투명한 심홍색 증류 용액을 유리 원통 용기에 붓고 금속 상자 안에 밀봉했다.

"……지금까지 한 작업으로 드디어 적마정석의 구조 배열이 완성된 거다. 여기까지 이해했다면 그 밖의 제7 프라메아 계열 정석은 대부분 자유자재로 연성할 수 있겠지."

한차례 작업을 마치고 안도의 한숨을 내쉬는 학생들 앞에서 글렌이 설명을 시작했다.

"뭐, 그건 제쳐두고 이제 남은 건 불가역적 결정화……즉,『결정의 성장』을 기다리는 것뿐이야."

요점을 칠판에 빠르게 적은 글렌이 학생들을 돌아보았다.

이제 곧 실험이 종료될 테니 학생들은 긴장을 풀기 시작했다.

"아, 방심은 하지 마. 결정이 다 자랄 때까지가 연금술이니까. 이 단계에서는 급격한 온도 변화와 습도 변화와 충격과 진동은 금물이다. 책상이 흔들리지 않도록 다들 얌전히—."

그 순간—.

"글렌 레이더스, 네 이노오오오오오오오오오오옴!"

타앙!

큰 소리를 내며 실험실 문이 열리더니 마술학원의 강사인 할리가 모습을 드러냈다. 강하게 문을 연 충격으로 실험실 안이 부르르 떨렸다.

"내 약초 농원을 짓밟은 건 네놈이냐아아아아아! 다 들었다! 네가 묘한 나무통을 짊어지고 내 약초 위를 질주했다는 이야기를! 이번만큼은 절대로 용서 못 해! 네놈에게 결투를—."

"진동은 금물이라고 했잖아! 이 등신아아아아아아아아!"

폭풍처럼 달려간 글렌이 칠판지우개를 할리의 입에 쑤셔 박았다.

"으어어어어어어어어어?!"

실험실 밖으로 데굴데굴 굴러가는 할리에게 눈길도 주지 않은 글렌은 황급히 학생들의 금속상자를 열어서 내용물을 확인하고 다녔다.

"괘, 괜찮을까?! 지금 충격으로 급격한 결정화가 일어난 건 아니지? 괜찮겠지?! 후우…… 다행이다."

전부 확인을 마치고 안도의 한숨을 내쉬었다.

학생들은 그저 놀라서 굳어버릴 따름이었다.

"선생님…… 역시 많이 피곤하신가 봐……."

"그런 것 같네……."

루미아가 모호하게 웃었고 시스티나는 한숨을 내쉴 수밖에 없었다.

"네, 네, 네 이놈……. 날 죽일 작정이냐! 글렌 레이더스!"

할리가 입에 틀어박힌 칠판지우개를 빼고 분기탱천한 표정으로 글렌에게 다가왔다.

"어라? 하…… 뭐시기 선배? 이런 데서 뭐 하세요?"

"네놈은 여전히 자연스럽게 싸움을 거는군……."

할리는 관자놀이에 힘줄을 세우면서 글렌의 멱살을 움켜잡았다.

"그보다 다 들었다! 네놈이 내 약초 농원을 짓밟았다며! 이걸 어떻게 책임질 셈이냐!"

"켁……! 그게 선배 거였나요……. 죄송합니다. 좀 급한 일이 있어서……."

아무래도 미안했는지 글렌이 고개를 숙였다.

"농원은 제가 나중에 책임지고 원상 복구해놓을 테니까, 그게…… 용서해주시면 안 될까요?"

"아니~ 용서 못 해! 네놈은 이 몸을 근본적으로 깔보고 있어!"

"아뇨. 딱히 그런 건………… 아니거든요?"

"그『간격』은 또 뭐냐! 그『간격』은!"

"사실 전 하드 게이 선배를 강사로서 무척 존경하고 있는걸요!"

글렌은 누가 봐도 멋진 청년 같은 상쾌한 미소로 그렇게 선언했다.

"지금까지 네놈이 잘못 부른 것 중에서도 사상 최악의 이름이다……!"

하지만 얼굴이 시뻘겋게 변한 할리는 이미 폭발하기 직전이었다. 이젠 한 걸음도 물러설 생각이 없는지 글렌에게 장갑을 벗어 던졌다.

"어쨌든 그 장갑을 주워! 네놈과는 마술 결투로 결판을 내주겠다!"

"……알겠습니다. 그걸로 선배의 기분이 풀린다면야……."

학생들이 조마조마한 표정으로 두 사람의 대화를 지켜보는 가운데, 글렌이 체념한 듯 장갑을 주워들려고 했지만…….

"아아아아아아아아앗?!"

뭔가를 깨달은 글렌이 갑자기 장갑을 발로 짓밟고 창가로 달려갔다.

참고로 장갑을 짓밟는다는 건 결투를 신청한 상대 마술사에 대한 최고의 모욕이었다.

"○X△□○X△□~?!"

할리는 너무 화가 난 나머지 제대로 말조차 나오지 않았다.

'……저건 좀 너무하다.'

그 순간, 학생들의 마음이 완벽히 하나로 일치했다.

그런 학생들과 할리를 완전히 무시한 글렌이 격자 창문에 달라붙어서 마치 이 세상의 종말이 온 듯한 절규를 질렀다.

"비가! 비가 내리잖아! 젠장! 지금은 급격한 온도 변화가 위험한데…… 이러고 있을 때가 아니지!"

옆의 실험대 위에 있는 작은 칼을 들고 손가락을 살짝 그어서 나온 피를 실험실 구석에 묻혔다.

"흑마【에어 컨디션】을 이 실험실의 네 모퉁이에 부여해서 결계를 구축! 실내의 온도 변화를 막는 거야! 젠장, 늦지 않으려나?!"

글렌은 맹렬한 기세로 실험실 구석에 마술식을 적기 시작했다.

할리가 그런 글렌의 어깨를 부들부들 떨며 움켜잡았다.

"앗! 선배! 마침 잘됐어요!"

글렌은 다행이라는 듯 소리쳤다.

"선배도 결계 구축하는 걸 좀 도와주세요! 아니, 도와!"

그야말로 후안무치(厚顔無恥)하기 짝이 없는 태도.

"뭐……?! 내, 내가 왜!"

"뭘 멍하니 계시는 건가요! 어서! 어서! 어서요! 아니, 당신. 지시가 없으면 움직이지도 못해?! 이 수동형 인간! 삼류!"

"내가 왜 지금 이놈한테 욕을 먹어야 하는 거지? 뭐냐, 이 부조리함은……."

상황이 여기까지 오자 정신이 분노를 초월해서 냉정해졌다.

"부탁 좀 하자고요! 이제 곧 학생들의 실험이 끝난다고요! 나중에 결투든 설교든 뭐든 받아들일 테니까요!"

"……칫!"

학생 이야기를 꺼내면 제아무리 할리라도 무시할 수 없었다.

"네놈은 나중에 반드시 호되게 혼을 내주마!"

할리도 치밀어오는 분노를 참으며 마지못해 실험실 구석에 마술식을 적기 시작했다.

"후우…… 늦지 않았군."

창밖에서 비가 쏟아지는 가운데 글렌은 실험실 구석에 주저앉아 안도의 한숨을 내쉬었다.

"……자, 그럼 각오는 됐겠지? 글렌 레이더스."

이 순간을 기다렸다는 듯 할리가 글렌의 앞을 막아섰다.

"자, 밖으로 나와. 설마 비가 내리니까 결투를 받아들이지 못하겠다는 핑계는 대지 않겠지?"

글렌은 우울한 표정으로 일어났다.

"솔직히 전 싸우는 걸 좋아하지 않아요. 누군가를 상처 입히는 것도, 상처 입는 것도 이젠 진절머리가 나거든요. 조금만 더 타인에게 친절하게 대했으면 피할 수 있었을 다툼을 인간은 어째서…… 전 분명 영원히 그 답을 찾지 못할 것 같지만요."

"……뭐?"

"하지만 싸우는 걸로밖에 이 증오의 연쇄와 주박을 끊을 수 없다면…… 선배의 마음을 좀먹은 심연의 어둠으로부터 선배를 구해내기 위해…… 전 당신을 구하기 위해 싸우겠습니다! 하……? 선배!"

"어, 째, 서 정의는 네놈에게 있다는 것처럼 지껄이는 거냐! 네놈의 머릿속에선 지금 대체 무슨 스토리가 전개되고 있는 거냐고!"

할리가 더는 상종 못 하겠다는 듯 실험실 문을 벌컥 열었다.

그러자 작은 뭔가가 밖에서 할리의 발밑을 통해 실험실 안으로 침입했다.

"켁?!"

그것을 목격한 글렌은 잽싸게 헤드슬라이딩을 날렸다.

"으갸아아아아아아?!"

우연히 슬라이딩에 휘말린 할리가 복도 너머로 데굴데굴 굴러갔다.

"앗! 뜨거! 아뜨뜨뜨뜨뜨뜨!"

글렌은 그 작은 뭔가를 양손으로 잡고 비명을 질렀다.

그 작은 뭔가의 정체는—.

"불쥐?! 어, 어째서 불쥐가 이런 곳에……?"

갑작스러운 침입자의 정체에 놀란 시스티나가 굳어버리자—.

"크, 큰일이야! 소환한 불쥐들이 지배를 벗어나서 탈주했어!"

옆 교실에서 그런 비명이 들렸다.

"설마 소환술 실습 중에 실패한 거야?!"

"바, 바보냐! 대체 어디 사는 누구야! 빌어먹을!"

글렌은 불쥐를 잡은 상태로 욕설을 내뱉었다.

"이놈들이 있으면 주위의 기온이 급격히 올라가잖아! 온도 변화는 금물인데!"

"서, 선생님! 큰일이에요!"

루미아가 창백한 얼굴로 복도를 가리켰다.

그곳에서 작은 불쥐 무리가 실험실을 향해 맹렬히 달려오고 있었다.

"뭔가 또 잔뜩 왔어?!"

불쥐는 초롱초롱한 눈망울을 가진 귀여운 마수로 유명하지만 지금의 글렌에게는 악마의 군단으로밖에 보이지 않았다.

불쥐 무리는 글렌의 발밑을 통해 계속 실험실 안으로 들어왔다. 기온이 급격히 오르는 것을 피부로 알 수 있었다.

"웃기지 마! 여기까지 와서 실패할 수 있겠어?! 그렇게 냅둘까 보냐아아아아아아아아!"

글렌은 이제 될 대로 되라는 듯 맨손으로 불쥐들을 잡고 다녔다.

"안 돼요! 그러다 화상 입으신다구요! 선생님!"

"하다못해 【트라이 레지스트】를 인챈트해서……."

"그럴 여유는 없어!"

귀여운 불쥐를 대량으로 끌어안은 채 필사적으로 복도를 달리는 불쥐들을 쫓아내거나 포획했다.

"참 나…… 방식이 스마트하지 못하시군요. 선생님."

그러자 기블이 기가 막힌 얼굴로 일어섰다.

"잊으셨습니까? 불쥐는 냉기에 약하고 체온이 떨어지면 움직임이 둔해진다는 걸. 즉, 흑마 【화이트 아웃】을 쓰면 간단하잖아요?"

그리고 바닥을 달리는 불쥐들을 향해 손바닥을 내밀었다.

"잠깐! 스토오오오오옵! 이 실험은 냉기에도 취약하다고 오오오오오오오오!"

글렌이 그렇게 외쳤지만 이미 늦었다.

《하얀 겨울의 폭풍이여》!"

기블이 한 소절 영창으로 주문을 완성했다.

이렇게 된 이상 세 소절 영창밖에 못 쓰는 글렌의 카운터 스펠로는 제시간에 맞출 수 없었고 양팔로 불쥐들을 끌어안은 탓에 【광대의 세계】도 쓸 수 없었다.

"그, 렇, 게 둘까 보냐아아아아아아!"

따라서 글렌은 기블이 왼손으로 날린 냉기의 충격을 자신의 몸으로 막아낼 수밖에 없었다.

"서, 선생님?!"

"나, 난 어떻게 되든 상관없으니까⋯⋯."

온몸에 잔뜩 성에가 낀 글렌이 맹렬한 추위에 몸을 떨면서 지시를 내렸다.

"⋯⋯다, 다들 손에 【트라이 레지스트】를 부여하고 신속하게 불쥐들을 회수하는 거다⋯⋯. 알겠지⋯⋯?"

글렌의 몸이 천천히 기울어졌다.

수면 부족, 피로, 가벼운 마나 결핍증, 빈혈, 화상, 동상⋯⋯. 오늘 하루 동안 글렌에게 축적된 온갖 대미지가 마침내 그의 한계를 뛰어넘은 것이다.

"그리고⋯⋯ 응. 미안한데⋯⋯ 난⋯⋯ 이제⋯⋯ 여러 가지로 한계⋯⋯."

털썩!

글렌이 쓰러졌다.

"서, 선생님?! 정신 차리세요! 선생님!"

"정말이지! 맨날 무모한 짓만! 남학생들, 좀 도와줘! 선생님을 의무실로 옮길 거니까!"

루미아와 시스티나의 다급한 목소리를 들으며 글렌의 의식은 어둠 속에 잠겼다.

…….

결국, 불쥐 소동은 아무 문제 없이 해결되었다. 글렌이 의식을 잃은 후 곧바로 다른 반에서 도우미들이 온 데다 시스티나의 냉정한 지시 덕분에 대부분의 불쥐를 재빨리 포획한 덕이 컸다.

실험에 영향도 거의 없었다.

할리가 실험실에 전개한 흑마【에어 컨디션】의 기온 안정 효과가 예상보다 뛰어났기 때문이다. 과연 초일류 천재마술사인 할리의 솜씨다웠다.

그리고—

"우와~! 굉장해!"

"이게 진짜 적마정석이야?!"

잠시 후, 유리 원통 안에서 자연 생성된 적마정석의 모습을 확인한 학생들은 기쁨과 놀라움으로 가득한 환호성을 질렀다.

"굉장히 커……. 적마정석이라는 게 이 정도로 커질 수 있는 거구나……."

"……나도 놀랐어. 이런 사이즈는 천연물 중에서도 거의 보기 드문데."

"그리고 진짜 예쁘다……. 투명하면서도 붉은색이 엄청 진해……."

"천연물이랑 다르게 불순물이 전혀 없으니까 말이지. ……이렇게나 아름다운 것도 납득은 가."

연성이 끝난 적마정석을 손에 든 학생들은 조명에 대고 확인하면서 예상보다 훨씬 더 뛰어난 결과물이 나온 것에 기뻐했다.

연금솥으로는 고작해야 콩알만 한 작은 조각밖에 연성하지 못하는 것이 당연하다 보니 더욱 놀라움이 컸다.

"……."

한편 웬디는 다른 학생들과 약간 떨어진 곳에서 자신이 직접 연성한 적마정석을 물끄러미 쳐다보고 있었다. 크기는 다른 학생들에 비해 약간 작은 편이지만, 자신의 서툰 손재주로 만든 것치고는 춤을 추고 싶어질 정도로 훌륭한 완성도였다.

"……글렌 선생님인가."

솔직히 웬디는 글렌의 수업을 그다지 좋아하지 않았다. 합리주의와 실천주의라는 두 단어로 정리할 수 있는 그의 수업이 그녀의 눈에는 우아함과 여유가 없는 천박한 것으로 비쳤기 때문이다.

어디까지나 귀족의 전통 교양으로서 마술을 배우고 싶었던 웬디에게는 그런 글렌의 수업 방식이 성미에 맞지 않았던 것이다. 한때는 다른 반으로 옮기는 것을 고려했을 정도였다.

하지만 오늘 글렌이 보여준 분투를 되새기자―.

"뭐, 잠시만 더 신세를 져보도록 하죠."

웬디는 입가에 희미한 미소를 지으며 자신이 연성한 적마정석을 가볍게 쥐었다.

의무실 침대에 누워서 시끄럽게 코를 고는 글렌 옆에서―.

"정말이지…… 진짜 성가신 사람이라니까……."

시스티나가 조금 전부터 계속 쫑알쫑알 투덜거리고 있었다.

"자신이 가능한 일과 불가능한 일을 좀 더 냉정하게 판단할 수 있는 버릇을 들여놓지 않으면, 언젠가는 돌이킬 수 없는 상황이 될지도……. 정말이지!"

"아하하, 진정해."

루미아는 옆에 앉은 시스티나를 달래며 손을 내밀어 글렌의 머리를 쓰다듬었다.

"늘 우리를 위해 애써주셔서 감사해요. 선생님."

"음냐음냐……."

잠이 든 글렌의 입가에 미소가 드리워졌다.

아무래도 좋은 꿈을 꾸는 모양이었다.

　…….

"이게 적마정석……?"

"그래. 굉장하지?"

"응! 나 이런 적마정석은 난생처음 봐! 이건…… 마치 해님처럼 크고 아름답게 빛나고 있는걸!"

　…….

마술강사 글렌 허영편

Magic instructor Glenn and his story of vanity

Memory records of bastard magic instructor

방과 후, 알자노 제국 마술학원 2학년 2반 교실.

　"─그런 고로 내일 오후에는 저번에도 말했듯 너희 부모님들을 초대해서 수업 참관을 할 예정이다."

　글렌의 의욕 없는 선언에 반 학생들(주로 남학생)이 신음을 흘렸다.

　"너무 그렇게 싫은 얼굴 하지 마라. 나도 싫거든? ……아, 미리 말해두겠는데 난 내일 열이 나서 쉴지도……. 오늘 아침부터 왠지 몸 상태가 이상하더라고."

　"치, 치사해!"

　"무슨 교사가 저래……."

　"아니, 그보다 선생님이 쉬면 어쩌라는 거야!"

　이미 방과 후 종례가 아니라 수업 참관을 환영하지 않는 일부 학생(강사 포함)의 불만을 쏟아내는 대회로 변한 교실의 한 귀퉁이에서─.

　"하아~."

　"왜 그래? 시스티. 몸이 안 좋아?"

　"아니, 그런 게 아니라…… 그게…… 우리랑 관계없는 이야기구나 싶어서. ……수업 참관은."

　시스티나가 약간 쓸쓸한 미소를 지으며 루미아에게 대답했다.

"그게, 우리 부모님은 마도청 고위 관료잖아? 일 관계로 제도(帝都)와 페지테를 왕복하느라…… 최근에는 거의 집에도 못 들어오시잖아?"

"그건 그래. ……아버님과 어머님은 굉장히 바쁘신 분들이니까."

참고로 루미아는 시스티나의 친가인 피벨 가문과는 아무런 혈연관계도 없는 완벽한 남이지만, 어떤 사정 때문에 한 집에 살면서 가족과 다름없는 대우를 받고 있었다.

"내일도 당연한 듯이 집에 안 계시고……. 그래서 수업 참관은 우리랑 전혀 관계없는 이야기구나 싶었거든."

그리고 시스티나는 또 한숨을 내쉬었다.

"역시 쓸쓸해?"

"음~ 글쎄? 이걸 쓸쓸하다고 해야 할지……."

시스티나는 모호하게 웃었다.

"확실히 부모님들이 학교에 오시는 건 쑥스럽지만…… 우리가 평소에 뭘 하는지 전혀 봐주시지 않는 것도……. 음~ 좀 복잡한 기분."

"아하하, 그럴지도."

루미아도 따라서 쓴웃음을 흘렸다.

"뭐, 어떤 의미로는 오히려 잘 된 걸지도 몰라."

시스티나는 애써 밝게 말하며 칠판 앞의 단상으로 시선을 돌렸다.

"애당초 왜 내가 너희들을 가르치는 모습을 학부모들한테 보여야 하는 거냐고! 그러면 마치 내가 교사라도 된 것 같잖아!"

"""교사 맞잖아!"""

그곳에서는 글렌이 여학생들의 멸시에 찬 시선을 받으면서 남학생들을 상대로 시끄럽게 떠들어대고 있었다.

그 모습을 본 시스티나의 눈초리가 바로 날카로워졌다.

"아니…… 우리 아버지는 인간으로서도 마술사로서도 엄격한 분이시잖아? 만약 선생님을 봤다간…… 틀림없이 해고하라고 난리를 피우실 게 뻔해."

"으으…… 그럴지도……."

루미아는 양아버지의 인품을 떠올리면서 동의했다.

"피벨 가문은 원래 이 일대의 지주라 학교에도 많은 땅을 빌려준 탓에…… 학교에서는 꽤 발언권이 크니까 아버지가 그럴 마음만 먹는다면……."

"정말로 선생님을 해고할지도……. 그런 건 싫은데……."

루미아가 난처한 표정으로 신음을 흘렸다.

"그치? 그러니까 우리 부모님이 일 때문에 수업 참관에 못 오시는 게 오히려 잘된 일이야."

시스티나는 자신을 타이르듯 말했다.

"따, 딱히 난 선생님이 어찌 되든 상관없지만…… 그…… 루미아는 선생님을 마음에 들어 하는 모양이니까 해고당하는 게 싫을 테고……. 그, 그리고 선생님은 평소에는 저 모양이라도 가르치는 건 굉장히 잘하니까, 나도 조금 더 배우고 싶다고 할까⋯⋯. 그러니까⋯⋯ 딱히 별 뜻은 없지만."

누가 듣는 것도 아닌데 뺨을 붉히며 안절부절 변명했다.

그런 친우 앞에서 루미아는 다 안다는 얼굴로 쿡쿡 웃을 뿐이었다.

"자, 그럼 슬슬 수습할 수 없는 지경이 되기 전에 말리러 가볼까."

사고를 전환한 시스티나는 그렇게 말하더니 자리에서 일어났다.

"적당히 좀 하세요! 선생님! 대체 교사를 뭐라고 생각하시는 거예요! 애초에 수업 참관이라는 건―."

그리고 교단에서 악을 쓰는 글렌에게 평소처럼 설교를 시작했다.

종례를 마치고 학교를 나온 시스티나와 루미아가 피벨 저택에 도착했을 때는 이미 저녁이었다.

안뜰을 지나 우뚝 솟은 피벨 저택의 현관문을 열고 안으로 들어갔다.

"다녀왔습니다~."

원래는 형식상의 인사일 뿐 대답할 사람이 있을 리가 없었다.

"어머, 어서 오렴. 얘들아."

하지만 오늘은 황갈색 머리카락의 숙녀가 현관에 서 있었다.

"······앗?! 어, 어머니?!"

도저히 시스티나만한 딸이 있다고는 상상이 안 될 정도로 젊은 미모의 어머니— 필리아나가 다정한 미소를 지으며 두 딸을 맞이했다.

"어머님? 오늘은 웬일이세요? 요즘 시기는 업무가 바빠서 계속 제도로 출장을 나가셔야 했던 게 아닌가요?"

시스티나와 마찬가지로 눈을 동그랗게 뜬 루미아가 필리아나를 쳐다보았다.

"후후, 그게 말이지······."

그 순간.

"우오오오오오오오오오!"

두다다다다!

현관 안쪽의 계단에서 누군가가 허겁지겁 뛰어 내려왔다.

"얘들아! 이 아버지가 돌아왔단다아아아아아아아아아!"

그 누군가— 약 마흔 살쯤 돼 보이는 은발의 신사가 귀기 어린 표정으로 두 사람을 향해 맹렬히 달려왔고—.

"아버진 너희가 보고 싶어서 견딜 수가 없었단다아아아아!"

양팔을 펼치며 뛰어들었다.

"꺄악?!"

루미아와 시스티나는 반사적으로 양쪽으로 물러났다.

"우오오오오오오오오오오아아아아아아아아아아아아악?!"

허공을 껴안은 신사는 기세를 이기지 못하고 아직 열려있는 현관을 통해 밖으로 데굴데굴 굴러가다가 결국 조용해졌다.

"어머나, 당신도 참…… 정말 어쩔 수 없는 사람이네요."

필리아나는 안뜰에서 엉덩이를 내밀고 자빠진 신사— 남편인 레너드 피벨의 모습을 보고 부드럽게 웃었다.

"저이는 나한테 맡기고 너희는 옷부터 갈아입고 오렴."

그리고 어안이 벙벙한 두 딸에게 말을 건넸다.

"사정은 나중에…… 그래. 저녁 먹을 때 이야기하는 게 좋겠다. 후훗. 오늘은 오랜만에 내가 솜씨를 부려볼까? 너희도 기대하렴."

"으, 응……."

"아, 예. 어머님……."

이윽고 해가 완전히 저물자 피벨 저택의 식당에서 단란한 가족의 식사가 시작되었다.

하얀 보자기를 깔고 그 위로 촛대와 꽃병을 장식한 긴 테이블 위에 로스트비프, 신선한 생선 파이구이, 푸딩 등 맛있는 냄새가 나는 요리가 하나씩 나오는 가운데ㅡ.

"예에에에에에에에에에에?!"

시스티나의 고함이 울려 퍼졌다.

"두 분이 내일 수업 참관에 오시겠다구요?! 갑자기 그게 무슨 말씀이죠?! 분명 이번 달은 일정이 꽉 차서 바쁘시다고……."

"후훗. 실은 있지. 이이가 너희의 수업을 참관하려고 억지로 휴가를 받아냈단다."

"얼마 전에 학교에서 수업 참관에 관한 통지를 받았을 때, 너희가 활약하는 모습을 볼 수 있을지도 모른다고 생각하니 도저히 가만히 있을 수 없더구나. ……마술 경기제 때는 중요한 업무 때문에 결국 못 갔으니까……. 그래서 정신을 차리고 보니 어느새 휴가를 받아낸 뒤였지. 하하하!"

레너드는 어디까지나 신사답게 웃었다.

"저, 정신을 차리고 보니 어느새……?"

레너드는 국정의 중요기관을 떠받치는 고위 관료였다. 즉, 그가 없으면 제대로 돌아가지 않는 일이 있다는 뜻이다.

"좋아~ 내일은 열심히 시스티와 루미아의 멋진 모습을 이 두 눈에 새겨주고 말 테다~!"

'……이 나라, 정말로 괜찮은 걸까?'

평소에는 완벽 초인에 가까운 신사지만 이렇게 가끔 유감스러운 일면을 보이는 변함없는 아버지의 모습에, 시스티나와 루미아는 일말의 불안을 씻어낼 수 없었다.

"으, 으음~ 저기, 아버지? 기대하시는데 죄송하지만……."

시스티나는 관자놀이를 누르면서 말했다.

"그게…… 역시 두 분 다 바쁘시잖아요? 그러니까 저희를 위해 시간을 내주실 필요는……."

"맞아요. 두 분께서 일부러 저희를 위해 시간을 쓰실 필요는 없어요. 저흰 괜찮으니까 아무쪼록 두 분은 일에 전념하시는 게……."

시스티나와 루미아가 순수한 배려로 그렇게 말한 순간—.

"아……."

갑자기 레너드의 표정이 지옥 밑바닥에 떨어진 듯한 절망으로 물들었다.

"필리아나! 어떡하지?! 반항기가! 우리 딸들에게 반항기가 왔어! 이젠 틀렸어! 끝장이야! 이 나라는 멸망할 거라고오오오오오!"

내일 세상이 멸망할 거라는 소식을 들은 것처럼 이성을 잃었다.

"후훗, 당신도 참."

그러자 어느새 레너드의 뒤에 서 있던 필리아나가 갓난아기를 안는 것처럼 착란에 빠진 남편의 몸을 가느다란 팔로 끌어안더니—.

우둑! 풀썩.

단숨에 목을 꺾어서 의식을 날려버렸다.

""…….""

피벨 저택에서는 제법 익숙한 광경이었다. 덕분에 시스티나와 루미아는 부모님들이 집에 돌아왔다는 것을 강하게 실감했다.

"너희는 걱정하지 않아도 돼."

필리아나는 의자 위에 축 늘어진 레너드를 무시하고 다정한 목소리로 말했다.

"이번에는 내가 비서관으로서 정식으로 협박…… 신청해서 받아낸 휴가니까 문제없어."

"지금 엄청 불온한 단어가 들리지 않았어요?!"

"나도 너희가 평소에 어떤 학창 생활을 보내는지 보고 싶었는데…… 안 되겠니?"

시스티나의 태클을 화려하게 무시한 필리아나는 애원하는 미소를 지었다.

친어머니의 저런 표정을 보자 강하게 반대할 수 없었다.

"아, 안 되는 건…… 아닌데요……."

시스티나는 어중간하게 대답했다.

그 순간 머릿속에 떠오른 건 반의 담당 강사— 글렌의 얼빠진 얼굴이었다.

'으으…… 이걸 어쩜 좋아…….'

시스티나의 아버지인 레너드는 사랑하는 딸들이 얽힌 일에는 물불을 안 가린다고 해야 할지……, 원래는 타인은 물론이고 자신에게도 엄격한 존경할 만한 인물이다. 대범한 필리아나라면 또 모를까 레너드와 글렌을 만나게 하는 건 틀림없이 위험했다.

그 문제 강사가 평소와 다름없이 방약무인한 태도로 수업하는 모습을 레너드가 목격이라도 한다면—.

'지, 진짜 해고당할지도⋯⋯.'

농담이 아니라 그 학교에서 피벨 가문의 현 당주가 행사할 수 있는 힘은 그 정도로 거대했다. 1년에 한 번 있는 마술학원 총회 때는 초 유명 교수진, 출자자, 마도청과 교도청의 간부들과 함께 반드시 초청받는 인물 중 한 명이기도 했다.

대체 이걸 어쩌면 좋을까⋯⋯.

시스티나는 식은땀을 철철 흘리면서 필사적으로 고민했다.

"후훗, 다행이다. 이걸로 겨우 그 소문의 글렌 선생님을 만나 뵐 수 있겠는걸."

필리아나의 입에서 자신을 고뇌에 빠트린 인물의 이름이 나오자 시스티나는 의자에서 벌떡 일어날 뻔했다.

"콜록! 콜록! 어, 어떻게 어머니가 선생님을?!"

"어떻게라니⋯⋯ 너희가 나에게 보내는 근황 보고 편지마다 늘 학교에서 글렌 선생님께 신세를 졌다고 써서 보냈잖니."

"아, 예에에에?!"

시스티나는 경악하며 자신의 기억을 되새겨보았다.

아니, 확실히 지적받고 떠올려보니 어머니에게 편지를 보낼 때 글렌에 관한 내용도 쓴 기억이 있지만⋯⋯ 그 정도로 자주 썼던가?

"후훗, 둘 다 글렌 선생님이 무척 마음에 든 모양이던걸? 어떤 분일지 만나 뵙는 게 벌써 기대되는 거 있지?"

"예, 어머님. 굉장히 좋은 선생님이세요. 그치? 시스티."

"아으⋯⋯ 그, 그게, 나는 딱히⋯⋯."

시스티나가 쩔쩔매면서 어떻게든 마음을 진정시키려고 마실 것을 입에 넣은 순간―.

"너희들, 혹시 글렌 선생님을⋯⋯ 좋아하는 거니? 물론 스승으로서가 아니라, 한 명의 남자로서."

필리아나가 인정사정없이 폭탄을 투하했다.

"푸우웁~! 쿨럭! 콜록콜록! 어, 어, 어머니? 지금, 대체, 무슨 말씀을⋯⋯."

"어머? 너희 둘 다 이젠⋯⋯ 어엿한 숙녀잖니. 사랑 한두 번쯤은 경험해도 이상하지 않은 나이야."

당황하는 시스티나에게 필리아나는 구김살 없는 미소로 대답했다.

"그리고 사랑은 소녀를 아름답게 성장시키는 법이란다. 오랜만에 만난 너희가 정말 예뻐졌길래 혹시나⋯⋯ 하고 추측해본 건데. 실제로는 어떠니?"

손 위에 턱을 괴고 두 사람을 바라보는 온화한 미소는 어딘지 모르게 소악마적인 장난꾸러기 고양이 같았다.

"그건 비밀이에요. 어머님. 상상에 맡길게요."

루미아는 윙크를 하면서 검지를 입술에 대고 여유 있는 미소를 지었다.

"오오오오오해예요! 제, 제가 그런 인간한테 사, 사, 사랑⋯⋯이라니 말도 안 된다구요!"

시스티나는 새빨개진 얼굴로 고개와 손을 붕붕 저으면서 필사적으로 부정했다.

"음~ 진상은 과연 어떨까? 왠지 신경 쓰이는걸……"

그런 딸들의 귀여운 모습에 필리아나는 즐거운 듯 웃음을 터트렸다.

"……사, 사랑……이라고……?!"

그제야 부활한 레너드가 부들부들 떨며 고개를 들었다.

"안 돼! 절대로 안 돼! 사랑은 너희에게는 아직 너무 일러! 이 아버진 절대로 용납 못 한다! 게다가 교사와 학생이라니…… 그런 건 윤리적으로도 용납할 수 없어!"

"그, 그러니까 아니라고 했잖아요! 이상한 추측은 그만하시라구요! 아버지!"

"빌어먹을! 고작해야 마술강사 주제에 내 귀여운 두 딸을 농락하다니……! 용서 못 해! 그 남자가 사는 집은 어디냐! 확 불을 질러—"

"여보, 진정해요."

우둑! 풀썩.

"당신도 참, 그런 쓸데없는 말만…… 우리가 이 애들만 했을 때는 이미 러브러브했잖아요?"

필리아나는 깔깔 웃으면서 눈을 까뒤집고 축 늘어진 레너드를 쳐다보았다.

"분명…… 어머님은 아버님과 학생 때 처음 만나셨다고 했었죠?"

루미아가 눈앞의 기묘한 광경에 쓴웃음을 흘리면서 말을 이었다.

"응, 그렇단다. 이이는 지금은 마도청 관료지만, 젊을 때는 너희가 다니는 그 마술학원에서 강사로 일한 적도 있었는걸."

"예?!"

"난 당시 마술강사였던 이이의 제자였단다."

"잠깐만요! 저, 전 금시초문이거든요?!"

경악스러운 사실에 시스티나는 의자에서 벌떡 일어나 외쳤다.

"에, 에엑?! 말도 안 돼! 못 믿겠어! 그렇다는 건 즉, 아버지는 제자…… 여학생에게 손을 댔다는 거야?! 엄격하고 고지식한 아버지가 그런—"

"후훗. 이이를 너무 탓하지 말렴. 시스티. 아무튼 내가 일방적으로 사랑에 빠져서 억지를 쓰고 맺어졌던 거니까."

"으…… 그, 그랬었구나……. 어머닌 꽤 적극적인 타입이셨어……."

시스티나는 빨갛게 익은 얼굴로 복잡한 표정을 지었다.

"물론 학교를 졸업하기 전까지는 깨끗한 관계였단다. 응? 졸업한 후에는? 후훗, 듣고 싶니?"

"듣고 싶지 않아요! 부모님의 그런 적나라한 이야기는 듣고 싶지 않다구요!"

"이이도 참, 아무것도 모르는 순진한 아가씨였던 날 데이트할 때마다 인적 없는 곳으로 억지로 끌고 가선……"

"그~마아아아아아아아아아안~!"

시스티나는 완전히 새빨개진 얼굴로 귀를 틀어막고 머리를 붕붕 저었다.

필리아나는 일일이 과격하게 반응하는 사랑하는 딸의 모습을 즐거운 눈으로 감상했다.

'그건 그렇고…….'

루미아는 모호하게 웃으면서 시스티나와 필리아나를 견주어보았다.

'역시 피는 속일 수 없는 걸까? 자신의 감정에 둔감한 건 아버님을 닮은 걸지도…….'

그리고 이런 생각을 했다.

"아, 아무튼…… 당시의 필리아나가 너무 귀여운 나머지 저항할 수 없었던 내 젊은 시절의 혈기는…… 제쳐두고!"

그제야 부활한 레너드가 비실비실 고개를 들었다.

"어머? 당시라는 건…… 지금의 전 당신의 마음에 차지 않는다는 건가요?"

"그럴 리가! 당신은 그때보다도 더 아름다워! 하지만 지금은 그것보다 글렌이다!"

레너드는 딸들 앞에서 나잇값도 못하고 자연스럽게 아내를 향해 정열적인 고백을 했다.

"시스티와 루미아네 반 담당 강사······ 글렌 레이더스! 역시 내가 직접 이 눈으로 보고 확인해야겠군!"

주먹을 굳게 쥐고 선언했다.

"원래 그 글렌이라는 강사가 너희를 가르치기에 어울리는 인물인지 평가할 생각이었다만····· 마음이 변했다! 이렇게 된 이상 철저하게 흠을 찾아주마! 만약 그 글렌이라는 놈이 변변찮은 인간이라면····· 내 모든 것을 걸고 해고해 버리겠어!"

"으······."

흥분해서 씩씩거리는 레너드의 모습에 시스티나의 안색이 창백해졌다.

"저, 저기요······. 아버지? 잠시 질문이 있는데요······."

"홋, 말해보려무나. 시스티."

"으음····· 이건 만약! 어디까지나 만약이지만! 만약 말투가 거칠거나, 행실이 마술사답지 못하거나, 마술을 바보 취급하거나, 로브를 대충 입는····· 그런 사람이 마술강사로 일하고 있다면····· 아버지는 어쩌실 거예요?"

"뭐라고?! 세상에 그런 놈이?!"

바로 레너드의 표정이 변했다.

"그런 웃기지도 않는 놈이 학생을 가르치고 인도하는 입장에 있을 리가····· 하물며 마술사의 정장인 자랑스러운 로브를 그렇게 함부로 다룬다면 변변찮은 인물일 게 틀림없어! 즉시 학교에서 쫓아낼 거다!"

"그, 그러시겠죠~?"

시스티나는 굳은 표정으로 식은땀을 흘렸다.

"설마…… 혹시 너희를 가르치는 글렌이라는 남자가 그런……?"

"아뇨! 아뇨! 아, 아니에요! 선생님은 인격자예요! 인간으로서도, 마술사로서도 훌륭한 존경해야 마땅한 분인걸요!"

설마나 혹시가 아니라 완벽히 그런 인간이었지만, 시스티나로선 그렇게 대답할 수밖에 없었다.

"흥, 과연 그럴까. 너무나도 귀엽고 사랑스러운 너희들 앞이라 그냥 폼을 잡고 있을 뿐일지도 몰라. 세상에 무슨 이런 비겁한 놈이 다 있지?!"

"아버지, 아무래도 그건 좀 생각이 지나치신 게……."

"그렇다면 역시 내가 직접 확인하는 수밖에……. 좋다. 내일은 너희를 위해 몸과 마음을 불살라 주마!"

"그, 그렇게 하실 필요까진 없는데……."

시스티나는 두통이 나는 머리를 짚으며 깊은 한숨을 내쉬었다.

다음 날, 오전 수업의 쉬는 시간.

시스티나와 루미아는 학교 안뜰로 글렌을 불러내서 어젯밤 피벨 저택에서 있었던 일을 설명했다.

"뭐랄까~ 참 굉장한 아버님이네."

시스티나가 이 두 사람을 조심하라며 건넨 레너드와 필리아나가 찍힌 사진을 게슴츠레한 눈으로 응시하는 글렌도 기가 막힌 표정을 숨길 수 없었다.

"아버지는…… 평소에는 타인은 물론이고 자신에게도 엄격한 인격자이시지만……, 그게…… 저희가 연관되기만 하면 좀 과격해지신다고 해야 할지……."

"용케도 너 같은 성실하고 고지식한 딸내미를 낳으셨구만? 하얀 고양이."

"……내버려 두세요."

반박할 수 없어서 한숨으로 대답했다.

"아무튼! 오늘 오후의 수업 참관 때는 진짜로 조심하세요! 전에도 말씀드렸지만, 우리 학교에서는 피벨 가 당주의 발언력이 엄청나게 크다구요! 잘리고 싶지 않으시면―."

"난 딱히 상관없는데 말이지……."

"예?"

글렌의 태연한 대답에 시스티나는 자신의 마음이 얼어붙는 것을 느꼈다.

그러고 보니 완전히 잊고 있었다.

마술을 몹시 혐오하는 그는…… 실제로 계약직 강사였을 때 해고당하기를 바라는 발언을 한 적이 있었다.

그러니 이번 기회를 이용해 학교를 떠나는 길을 선택해도 전혀 이상할 게 없었다.

그 가능성을 깨달은 순간, 어째선지 시스티나는 가슴이 터질 듯한 초조함을 느꼈다.

"……예전이라면 그렇게 생각했겠지만……. 나 원 참, 어쩔 수 없지. 성가시지만 오늘 하루만 성실한 강사처럼 굴어볼까……."

하지만 이어지는 글렌의 말을 듣고 무의식중에 가슴을 쓸어내렸다.

그런 그녀의 모습을 루미아가 흐뭇한 얼굴로 지켜보고 있었다.

"흐, 흥! 의욕이 생기신 것 같아서 다행이네요. 당신이 사라지면 루미아가 슬퍼할 테니……."

"하하, 뭐야 그게."

"아무튼 지금부터 제가 말하는 포인트를 염두에 두고, 오늘 수업 참관을 진행해주세요. 아시겠죠?"

"알았다, 알았어."

"먼저 수업 참관 중에는 마술사다운 말투를 쓰세요. 평소처럼 거친 말투는 금지예요!"

"예~ 예~. 마술사다운 말투란 말이지."

"그리고 마술사다운 행동거지를 잊지 말 것! 모든 일에 마술사답게 대응하세요! 아시겠어요?!"

"흠~ 마술사다운 대응이라……."

"또 평소처럼 마술을 바보 취급하는 발언도 금지예요. 오늘만이라도 마술은 숭고한 것이라고 의식해주세요!"

"예, 예, 알겠수다……."

"특히 로브는 소중히 다루세요! 평소처럼 후줄근하게 입는 건 논외예요! 애당초 로브는 마술사의 정장이자 긍지라구요!"

시스티나가 적당히 어깨에 걸치기만 한 글렌의 로브를 쳐다보면서 지적했다.

"홋, 그것만은 못 들어주겠군. 이건 내 마술에 대한 안티테제의 표명인데……."

"당신이 무슨 애예요?!"

"뭐, 뭐시라?!"

"괘, 괜찮으려나……."

더는 시간이 없는데도 시끄럽게 의미 없는 싸움을 시작한 글렌과 시스티나를 눈앞에 둔 루미아는 불안한 표정을 감출 수 없었다.

점심시간이 지나고 오후.

마침내 글렌이 맡은 반의 수업 참관 시간이 다가왔다.

2학년 2반 교실에 계속해서 학생들의 보호자가 모이기 시작했다.

학생들은 각자 보호자와 대화를 나누는 중이었다.

"슬슬 시간이 다 됐네……. 곧 선생님이 오실 거야."

루미아가 기계식 회중시계를 보며 그렇게 중얼거렸다.

"아, 진짜…… 그 인간, 정말로 괜찮을까?"

글렌에게 이런저런 코치를 해줬지만 지금도 불안해서 견딜 수가 없었다.

참고로 시스티나의 부모는 벌써 와 있었다. 특히 레너드가 모습을 드러낸 순간, 무척 신사다운 용모와 위풍당당한 관록에 보호자들과 학생들이 일제히 긴장했으나…… 시스티나와 루미아를 보자마자 나잇값도 못하고 촐싹대는 것을 보다 못한 필리아나가 목을 꺾어서 의식을 날려버린 상태로 교실 구석에 앉혀 버렸다.

지금은 주위의 학생들이 저마다 킥킥대며 따뜻한 미소를 보내는 것이 시스티나로선 창피해서 견딜 수 없었다.

그 순간—.

교실 앞문이 열리며 글렌이 들어왔다.

"어서 오세요, 보호자 여러분. 제가 이 반의 담당 강사인 글렌 레이더스입니다. 아무쪼록 잘 부탁드리겠습니다."

평소에는 대충 빗어 넘기기만 했던 머리카락을 이발용 향유로 차분하게 정리했고 눈가에 낀 건 둥근 은테 안경. 로브를 가지런히 입은 데다 말투와 행동거지도 정중하고 세련된…… 마치 젊은 현자의 품격이 감도는 모습이었다.

"오오! 저 당당한 젊은이가 이 반의……."

"아직 젊은데도 훌륭하시지……."

누가 봐도 지적이고 멋진 청년의 모습에 아무것도 모르는 보호자들이 감탄했다.

"푸읍?!"

"풋…… 서, 선생님……! 그, 그건 치사하잖……아요……!"

"트, 틀렸어……! 배 아파……!"

하지만 학생들은 교실 여기저기에서 떨리는 목소리로 저마다 작게 중얼거렸다.

그 순간―.

'젠장~. 요것들 보게……!'

글렌은 뺨이 경련을 일으키는 것을 필사적으로 참으면서 마음속으로 투덜거렸다.

'특히 하얀 고양이! 너까지 웃을 건 없잖아! 네가 이러라고 한 주제에!'

글렌이 그렇게 외치고 싶은 것을 필사적으로 참고 있자―.

파앗!

교실 구석에서 묘한 소리가 났다.

"……응?"

글렌이 소리가 난 방향으로 시선을 돌리니―.

"켁?!"

어째선지 그곳에는 이 학교의 마술교수이자, 글렌의 스승이자, 부모인 여성― 세리카가 서 있었다.

세리카는 풍경을 촬영하는 상자 같은 장치― 사영기를 교

실 구석에 설치하고 그 옆에서 글렌을 향해 의기양양한 얼굴로 엄지를 척 세워 보였다.

'세리카?! 왜 너까지 온 거야?! 아니, 그보다 그런 걸 이런 곳에 설치하다니…… 대체 무슨 생각이냐고!'

그런 글렌의 속을 전혀 모르는 세리카는 그를 물끄러미 바라보다가…… 곧 어깨를 가늘게 떨기 시작했다.

"……풉! 쿡쿡…… 아하하! 아하하하하하하하하하하하하하!"

그리고 보호자들의 의아한 시선이 모이는 것도 개의치 않고 포복절도했다.

'그냥 좀 가라! 응?'

하지만 글렌은 밝은 표정을 지은 채 주먹을 꽉 움켜쥐는 수밖에 없었다.

"흥! 남들 이목도 신경 쓰지 않고 큰 소리로 웃다니…… 상식이 없고 천박한 인간이로군."

어느새 부활한 레너드가 자지러지게 웃는 세리카를 차가운 눈으로 흘겨보았다.

'음, 저 아저씨가 하얀 고양이의……. 아까 사진으로 본……'

"저 금발 여성은…… 누구 보호자인지 모르겠지만, 저런 자가 보호 감독을 맡는 학생 따윈 어차피 변변찮은 인간이 아니겠지. ……이런 상황이 아니었다면 학교에 입학 자격을 따졌을 참이었다만."

'아니, 아직 아무것도 안 했는데 벌써 평가가 내려갔어?!'

제기랄! 세리카, 너 나중에 두고 보자!'

두통이 생기기 시작했다.

'아, 진짜! 왠지 시작하기 전부터 불길한 예감만 들잖아!'

글렌은 뺨이 경련을 일으키는 것을 필사적으로 참으면서 일동을 향해 입을 열었다.

"오늘 수업 참관에 와주셔서 정말 감사합니다. 보호자 여러분께는 학생들이 평소에 어떻게 지내는지, 직접 눈으로 확인할 좋은 기회가 될……, 읍~?! 기애가 댈 거라고 생각합니다……. 그, 그럼 지금부터 수업을 시작하겠습니다……."

약간 울상이 된 글렌은 입가를 손으로 누르며 익숙하지 않은 정중한 말투를 고수했다.

"풋! 바, 방금 혀 깨문 거지……?"

"이, 익숙하지 않은 말투를 쓰니까……."

학생들은 웃음이 터지려는 걸 참느라 애를 썼다.

교실 안에 만연한 묘한 분위기에 보호자들은 고개를 갸웃할 수밖에 없었다.

그렇게 언제 폭발할지 모르는 폭탄을 안은 채로 오늘 수업 참관이 시작되었다.

이번 수업 참관은 전반부에 필기 수업, 후반부에는 실기 수업을 할 예정이었다.

먼저 전반부는 운동과 에너지를 다루는 흑마술의 이론을

배우는 『흑마술학』 수업이었다.

학생들은 평소와 다름없이 자리에 앉았고 보호자들은 교실 뒤에 서서 수업을 기다렸다.

그리고 글렌이 느낀 불길한 예감은 정확하게 적중했다.

"저기요. 여러분. 방금 선생님의 설명을 들으셨나요?"

글렌이 마술이론을 설명할 때마다 세리카가 일일이 기뻐하며 주위의 보호자들에게 말을 건 것이다.

"정말 훌륭한 설명이네요. 이야~ 저 강사, 아직 저토록 젊은데도 저렇게나 마술의 조예가 깊다니 굉장하지 않나요? 전 그렇게 생각한답니다. 이거 참 정말 대단한 젊은이네요. 응, 응."

의기양양한 표정을 하고 난감해하는 보호자들을 상대로 뻔뻔한 소리를 끊임없이 지껄였다.

"이야~ 정말 대단하네요. 대체 저 강사는 누구에게 배운 걸까~? 분명 훌륭한 스승에게 배운 거겠지~? 저 강사를 지도한 스승도 분명 저 강사를 자랑스럽게 생각하겠지~? 진짜 누굴까~? 신경 쓰이는걸~?"

'짜증 나! 그냥 좀 가라고!'

단상의 글렌은 그렇게 말하고 싶은 것을 필사적으로 참았다.

"으그그그, 네 이놈……."

한편 어떻게든 흠을 찾으려던 레너드는 글렌이 자신의 예상보다 훌륭한 수업을 하자 당황한 모양이었다.

"선생! 질문이 있소!"

갑자기 레너드가 손을 들고 질문했다.

'우째서?'

단상의 글렌은 그렇게 말하고 싶은 것을 필사적으로 참았다.

"글렌 선생은 방금 삼속성 주문이 근본적으로는 동일하다고 하셨는데 왠지 이상하구려. 그 설명에 따르면 도력 벡터는 오리진 중 전소(電素)의 진동 방향과 유동 방향, 이 두 가지밖에 없소만? 어떻게 그 두 가지로 삼속성 주문을 구성한다는 것이오."

"예. 이제 그걸 설명하려던 참이었습니다. 세 번째 벡터는…… 사실 에트론의 진동 현상이 정체하는 방향입니다."

"큭……."

"즉, 에트론의 진동 운동에는 진동 가속 방향과 진동 정체 방향, 이 두 가지가 존재하는 겁니다. 이것이 각각 염열과 냉기라는 두 가지 속성 에너지가 되는 거지요."

"칫! 알고 있었나……. 애송이가."

레너드는 마지못해 물러났다.

'아버지…… 잠깐만요……. 그건 너무 노골적이잖아요……. 어른스럽지 못하게…….'

시스티나는 머리를 부둥켜안았다.

그리고―.

"나 원 참, 수업을 방해하다니 누구 보호자인지 모르겠지만 창피한 녀석이군."

대충 레너드의 의도를 파악한 세리카가 관자놀이에 힘줄을 세우며 도발적인 한숨을 내뱉었다.

"게다가 설명을 끝까지 듣지도 않고 지레짐작하다니…… 너 같은 어른에게 보호 감독을 받는 학생은 참 창피하겠군."

"뭐라고?! 나는 그 아이들에게 가슴을 펴고 자랑할 수 있는 훌륭한 아버지다! 아이들이 날 창피하게 여길 리 없어!"

'미안해요, 아버지. 엄청 창피해요…….'

'죄송해요, 아버님. 아무래도 이건 옹호해드리지 못하겠어요…….'

두 딸은 마음속으로 태클을 걸었다.

"애초에 창피함을 따진다면 당신은 할 말이 없어! 뭐야! 사영기까지 반입해선! 누구 보호자인지 모르겠다만, 당신에게 보호 감독을 받는 젊은이는 딱하기도 하군! 지금쯤 창피해서 고개도 못 들고 있을걸!"

"무슨 허튼소리를. 난 그 아이의 이상적인 어머니다. 그 아이가 날 창피하게 여길 리 없지."

'아니, 창피하거든? 진짜 진심으로 말하는데 좀 가라.'

글렌도 마음속으로 태클을 걸었다.

"으그그그……."

"흥!"

두 사람은 시선으로 불꽃을 흩뿌리기 시작했다.

그 후에도—.

"네놈! 지금 그건 시스티가 잘 아는 문제거늘! 왜 시스티를 시키지 않는 거지?! 활약할 기회를 줄 생각이 없는 거냐!"

"어, 예에~?"

그래서 시스티나를 시키면—.

"이 자식이?! 지금 왜 시스티를 시키는 거냐! 설마 답을 틀리는 모습을 보여줘서 창피를 줄 셈이냐?!"

"……어쩌라는 거야."

레너드가 일일이 시끄럽게 굴었다.

그리고 교실 구석에서는—.

파앗! 파앗! 파앗!

세리카가 다른 학부모들이 기겁하는 걸 완전히 무시하면서 글렌의 모습을 사영기로 마구 찍어댔다.

'저게 진짜……!'

진심으로 쫓아내고 싶었다. 하지만 지금은 모르는 사람인 척하지 않으면 위험했다.

'아아아아, 젠장! 저 인간들은 대체 뭐냐고! 속 쓰리잖아!'

"칫……. 누구 보호자인지 모르겠다만…… 자기 자식의 멋진 모습을 형태로 남겨두고 싶다는 보호자로서의 마음가짐은 진짜라는 건가……!"

그리고 그런 세리카를 본 레너드는 어째선지 왕년의 호적수를 만난 시선을 보냈다.

"홋."

하지만 세리카는 그런 레너드에게 도발하는 웃음을 보였다.

"젠장! 내가 질까 보냐아아아아아아아아아아아아아아!"

대체 무슨 마술을 쓴 건지 레너드가 갑자기 커다란 사영기를 꺼냈다.

'아니, 당신은 또 왜 그딴 걸로 경쟁하는 거냐고오오오오!'

"잠깐! 그것만은 제발 참아줘요! 아버지이이이이이이!"

글렌이 머리를 부둥켜안고 시스티나가 새빨갛게 변한 얼굴로 소리친 순간—.

우둑! 풀썩.

필리아나가 방긋 웃으면서 남편의 목을 꺾었다.

"후훗, 계속하세요."

"아, 예."

온화하게 웃는 필리아나의 정체 모를 박력에 위축된 글렌은 그대로 속절없이 수업을 재개했다.

이런저런 일이 있었지만 마침내 수업 참관 전반부가 종료했다.

"글렌 선생님은…… 무척 총명하고 신사적인 분이었죠? 여보."

다음 수업이 시작하기 전, 쉬는 시간.

필리아나는 교실 구석에서 생글거리며 남편인 레너드에게 말을 걸었다.

"가르치는 방식도 굉장히 능숙하고 무엇보다 학생들을 잘 보고 있던걸요. 후후…… 그 아이들은 좋은 은사를 만난 것 같네요."

하지만 레너드의 표정은 언짢음 그 자체였다.

"……흥. 글렌 레이더스…… 왠지 그 남자는 마음에 들지 않아."

"어머…… 아직도 그러는 거예요? 당신도 슬슬 아이들에게서 졸업을……."

하지만 그렇게 언짢은 표정으로 말한 레너드는 어딘지 모르게 진지했다.

"글렌이라는 녀석…… 확실히 젊은 나이에 비해 뛰어난 교사인 것 같다만…… 저게 정말로 저 남자의 본성일까?"

그렇게 말하는 레너드의 얼굴은 이제 팔불출 아버지가 아니었다. 제국의 국정 일부를 짊어진 수완가의 얼굴이었다.

"나는 아무래도 저 남자가 뭔가를 숨기고 있는 기분이 들어. 과연 그런 남자를 신뢰해도 좋은 걸까? 딸들을 맡겨도 좋은 걸까? 물론 어디까지나 교사로서!"

하지만 필리아나는 그런 남편을 부드럽게 달랬다.

"자, 자, 너무 흥분하진 마세요. 이렇게나 많은 보호자 앞인걸요. 평소와 다르게 행동해도 전혀 이상할 건 없잖아요?"

"그건 그럴지도 모르겠다만…… 으음."

"그리고 수업 참관은 아직 끝난 게 아니잖아요. 그렇게 신경이 쓰인다면 지금이라도 천천히 확인해보면 되잖아요?"

"……그렇군."

그리고 수업 참관 후반부.

실습— 마술을 쓰는 전투 경험을 쌓는 『마술 전투 교련』 수업이 시작되었다.

학생들과 보호자들은 교실을 나와 학교 부지의 북동쪽에 있는 마술 경기장으로 이동했다.

오늘의 경기장은 『황무지』로 설정되어 있어서 바닥이 불안정한 황야가 황량하게 펼쳐져 있었다.

"그런 상황이 오지 않기를 바라고는 있습니다만…… 학생 여러분이 마술사인 이상, 타인과의 전투를 피할 수 없는…… 그런 상황이 올 가능성은 유감이지만 부정할 수 없습니다."

글렌은 경기장 한가운데 가지런히 줄을 선 학생들 앞에서 수업을 시작했다.

"역사적인 사실로서 마술과 투쟁은 끊으려야 끊을 수 없는 관계라는 것을 학생 여러분도 아무쪼록 명심해주시고 만약의 상황이 왔을 때 자신이 마술서로서 무엇을 할 수 있는

지, 어디까지 가능한지를…… 반드시 알아둬야 할 필요가
있습니다."

보호자들은 그런 글렌과 학생들을 경기장 안의 멀리 떨어
진 곳에서 지켜보고 있었다.

"이 수업의 의의를 재확인한 김에 오늘은 전투 훈련용 골
렘을 상대로 마술 전투 훈련을 할 예정입니다."

그렇게 말한 글렌은 옆에 서 있는 인간의 모습을 모방한
골렘의 어깨를 가볍게 두드렸다.

"선생님~ 골렘의 전투 레벨 설정은 몇이에요?"

"흠…… 전투 레벨 1이 일반적인 성인 남성의 평균적인 신
체 능력 설정이니, 골렘을 상대로 하는 첫 전투 훈련인 걸
고려해서 오늘은 레벨 2부터 시작해볼까 합니다."

"예에에에에에에에?! 고작 전투 레벨 2요~?!"

찬물을 끼얹는 듯한 글렌의 선언에 혈기 왕성한 일부 남
학생들에게서 불만스러운 목소리가 터져 나왔다.

"선생님! 전투 레벨 2라면 싸움에 익숙한 길거리 양아치
수준이잖아요!"

"옳소! 옳소! 그 정도로는 시시하다구요! 적어도 전투 레
벨 3으로 해주세요!"

"……이거 참."

글렌은 곤란한 듯 숨을 내뱉었다. 역시 이러니저러니 해도
부모님 앞에서 멋진 모습을 보이고 싶은 학생도 있는 모양

이었다.

"확실히 마술사와 그렇지 않은 인간 사이에는 명확한 차이가 있습니다. 하지만 정식으로 어느 정도 훈련을 받은 인간과 그렇지 않은 인간 사이에도 명확한 차이가 있는 것이 사실입니다."

그렇게 말하는 글렌의 표정은 평소보다 훨씬 진지했다.

"전투 레벨 3은 제국군 일반병의 평균이라고들 합니다. 길거리 싸움에 익숙할 뿐인 양아치와는 차원이 달라요. 이 선생님의 사견으로는 아마 레벨 3이라도 문제없이 대처할 수 있는 학생도 몇 명쯤 있습니다만……."

글렌은 시스티나, 기블, 웬디, 캬슈의 얼굴을 힐끔 쳐다보았다.

"어쨌든 오늘은 레벨 2로『전투』그 자체를 경험해주시길 바랍니다. 상대가 마술사가 아닌 일반인이라도 적의를 가지고 덤비는 상대가 얼마나 두렵고 감당하기 어려운지…… 규칙에 얽매인 마술 전투『시합』과는 다른 어려움을 실감할 수 있을 겁니다."

그리고 일부 학생들의 불만스러운 표정을 무시하고 골렘의 설정 변경에 착수했다.

마술사의 전투 훈련용으로 개발된 이 골렘은, 누구든지 뒤통수에 룬을 살짝 적기만 하면 간단히 전투 레벨을 설정할 수 있는 편리한 물건이었다.

이 골렘에는 인간이 실제로 행동 불능 상태에 빠질 정도의 공격을 받으면 바로 동작을 정지하는 기능이 탑재되어 있었고, 애초에 설정자의 령주(슈呪)로 언제든지 정지시킬 수 있으므로 비상시에 대처하기도 쉬웠다. 그래서 『마술 전투 교련』 수업에 자주 쓰였다.

하지만 글렌이 전투 레벨 2로 설정을 입력하는 순간━.

"뭐라고?! 골렘을 상대로 전투 훈련?! 그건 위험하지 않아?! 그러다가 만에 하나라도 내 귀여운 시스티와 루미아에게 상처라도 입힌다면 네놈, 어떻게 책임질 셈이냐아아아아아아!"

"칫······. 또 극성 학부모가 난리군······."

외야에서 레너드가 또 소란을 피우기 시작하자 글렌은 한숨을 내쉬었다.

"······으, 죄송해요. 선생님."

제아무리 시스티나라도 사과밖에 할 말이 없었다.

"음, 뭐, 어쩔 수 없는 일이겠지요. ······그만큼 여러분을 소중하게 여기시는 겁니다. 저는 잠시 보호자 여러분께 설명을 드리고 오겠습니다."

"앗, 선생님. 그럼 저희도 따라갈게요."

"맞아요. 저희도 같이 설명하는 편이 아버지를 설득하기 쉬울 테니까요."

루미아와 시스티나가 그렇게 말하며 글렌의 뒤를 따라갔다.

"고맙군요. 그럼 두 분, 잘 부탁드리겠습니다. 다른 학생 여러분은 준비 운동을 시작해주세요. 그리고 일단 당부하겠습니다만, 제가 돌아올 때까지 절대로 골렘은 건드리지 마시길! 아시겠습니까?"

글렌은 마지막으로 그 말을 남기고 보호자들이 있는 곳으로 걸어갔다.

한편 준비 운동 중인 학생들은―.

"야, 카이."

"왜? 로드."

"역시 전투 레벨 2는 시시하겠지?"

"그야 그렇겠지. 뭐랄까, 싸우는 보람이 없다고 해야 하나…… 혹시 선생님은 우리를 깔보는 거 아닐까?"

"그치~? 아아~ 모처럼 엄마한테 멋진 모습을 보여주려고 했는데 말야……."

"저기, 로드. 선생님은 골렘을 건드리지 말라고 했는데……."

"……응?"

카이가 로드에게 소곤소곤 귓속말을 건넸다.

"나도 내 딸들도 마술사다! 온실의 꽃처럼 애지중지하라는 건 아니야! 하지만 정말로 괜찮은 건가?! 시스티와 루미아에게 만에 하나의 일이 생긴다면 난 울어 버릴 거라고?!"

"그러니까 괜찮다고 선생님이 몇 번이나 설명해주셨잖아
요……."

시스티나는 글렌과 레너드 사이에서 지긋지긋하다는 듯
한숨을 내쉬었다.

"말씀하신 대로 레벨 3 이상은 지금의 학생들에게는 아직
위험합니다. 하오나 그런 건 교사가 지녀야 할 긍지를 걸고
절대로 시도하지 않을 테니 안심해주세요."

"저기요, 아버님. 글렌 선생님은 정말로 저희에게 목숨이
위험한 일을 강요하시는 분이 아니에요. 그러니까 안심해주
세요. 예?"

"옳소. 옳소."

"으그그그그……."

사랑하는 두 딸이 외간 남자의 편을 드는 상황에 레너드
는 부러우면서도 분한지 이를 갈았다.

"이이도 참……."

필리아나가 여느 때처럼 레너드를 기절시키려고 소리도 없
이 등 뒤에 선…… 순간—

"서, 선생님! 크, 큰일이에요!"

작은 체구의 여학생— 린이 글렌에게 달려왔다.

"무슨 일인가요? 린."

"그, 그게…… 로드 군과 카이 군이 제멋대로 골렘을 건드
리려고 해요. 무슨 설정을 바꾼다면서……!"

"뭐라고?!"

글렌의 낯빛이 바뀌고—.

""우와아아아아아아아아앗?!""

남학생들의 비명이 들렸다.

고개를 돌리자 아마 실수로 움직여버린 듯한 훈련용 골렘이 팔을 휘둘러서 로드와 카이를 날려버렸다.

"히, 히이이이이익?! 사람 살려!"

"레벨 3의 움직임이 이렇게나 빠를 줄이야!"

바닥을 구르는 남학생 둘을 노리고 골렘이 팔을 높이 들었다.

갑작스러운 사태에 주위의 학생들도, 보호자들도 한순간 무슨 일이 일어난 건지 몰라 멍하니 있었지만—.

"이 바보들이이이이이이이이이이이!"

그 누구보다 먼저 글렌이 움직였다.

공기를 가르는 날카로운 소리에 이어서 따악! 하는 큰소리를 울리며 골렘이 뒤로 넘어졌다.

"어?!"

시스티나는 눈을 부릅떴다.

글렌이 바닥에 있던 돌을 던져서 학생들을 공격하려는 골렘의 머리를 정확히 맞춘 것이다.

그는 어안이 벙벙한 시스티나의 옆을 지나치며 달려가 눈 깜짝할 사이에 골렘과 학생들 사이를 가로막았다.

"너희는 다들 물러나! 어서!"

글렌의 귀기 어린 일갈에 겨우 시간이 움직이기 시작한 학생들이 골렘 근처에서 뿔뿔이 흩어졌다.

"이쪽이다! 이쪽으로 와! 내가 상대해주마! 이 멍청아!"

『우오오오오오오오!』

글렌을 새로운 표적으로 인식한 골렘이 양팔을 높이 들더니 엄청난 속도로 내리찍었다.

"쓰읍!"

하지만 안경을 벗어던진 글렌은 날카로운 스탭으로 피하면서 빠른 레프트 잽으로 골렘의 얼굴을 정확히 때려 다리를 멈추게 했다.

"하앗!"

그리고 이어지는 벼락같은 라이트 스트레이트.

글렌의 오른 주먹이 부서지는 소리가 들리는 동시에 골렘이 성대하게 날아갔다.

"윽?!"

글렌은 고통으로 얼굴을 찡그렸다. 그야 뼈가 부서지는 게 당연했다. 금속으로 만들어진 골렘을 마력의 인챈트 강화 없이 맨주먹으로 때렸으니까.

하지만 그 덕분에 인간이 행동 불능에 빠질 정도의 대미지로 인식한 건지 골렘은 쓰러진 채 기능을 정지했다.

"선생님! 로드 군! 카이 군!"

법의 주문이 특기인 루미아가 다친 세 사람 곁으로 황급
히 달려왔다.

<small>힐러 스펠</small>

자세히 보니 로드와 카이도 팔과 다리를 다치긴 했지만
무사했다.

'……후우. 다행이다……'

시스티나도 가슴을 쓸어내리면서 루미아를 따라 글렌의
곁으로 달려가려 했지만—.

'어, 어라……? 그러고 보니……'

불현듯 깨달았다. 깨닫고 말았다.

'마, 마술사가 주문을 외우는 게 아니라 돌을 던지고, 주
먹으로 패다니…… 이걸 과연 마술사다운 대응이라고 볼 수
있을까……?'

갑작스러운 사고라 어쩔 수 없었다고는 해도…….

힐끔 시선을 돌리자 레너드가 그런 글렌을 쳐다보며 노골
적으로 인상을 찡그리고 있었다.

그리고 당연히 글렌은 알아채지 못했다.

"나 원 참, 내가 오기 전까지 건드리지 말랬잖아! 이 바보
들아!"

"죄, 죄송해요. 선생님……."

'왠지 말투도 평소처럼 거친 느낌으로…… 마술사답지 않
은 말투로 돌아와 버렸고…….'

다시 힐끔 시선을 돌리자 레너드가 그런 글렌을 쳐다보며

관자놀이에 힘줄을 세우고 있었다.

'저거 화나신 거지?! 화나신 거 맞지?! 크, 큰일이야!'

시스티나는 황급히 글렌에게 달려갔다.

"선생님! 잠깐―."

그러나―.

"뭐어~? 어머니에게 멋진 모습을 보여주고 싶었다고~? 너흰 진짜로 바보구나~? 마술 같은 게 뭐가 대단하다고 그런 짓을……."

'아앗?! 잠깐만요! 그만―.'

"그딴 하찮은 거에 목숨까지 걸어가면서 허세를 부릴 필요가 어디 있냐고."

'꺄악~?! 마술을 업신여기는 문제 발언으으으으으을~?!'

큰일 났다.

한시라도 빨리 막지 않으면 위험하다.

"선생님……. 오른손이……."

"난 신경 쓰지 마. 찰과상이니까. 나보다 이 녀석들이 먼저다."

루미아가 걱정스러운 시선을 보내자, 글렌은 바닥에서 못 일어나는 로드와 카이 옆에 한쪽 무릎을 꿇고 용태를 확인했다.

"카이의 다리는 괜찮아. 넘어질 때 가볍게 삔 것뿐이야. 하지만 로드의 팔은…… 칫. 이건 완전히 부러졌군. 어쩔 수 없지……."

글렌은 로브를 벗더니 옷자락을 양손으로 꽉 움켜잡았다.

"잠깐만요! 선생님! 설마?! 머, 멈추세요!"

찌이이이이이이이이익!

그리고 시스티나가 말리는 것도 듣지 않고 아무런 망설임도 없이 로브를 찢어 버렸다.

'꺄아아아아아악~?! 결국 저질렀잖아~!'

시스티나는 머리를 부여잡았다.

'하필이면 로브를! 마술사의 긍지인 로브를! 우리 아버지 앞에서?! 진짜 그러기예요?! 으아아아아아아아…….'

"무지 아프겠지만 참아."

"윽, 으갸아아아아아아아아~?!"

글렌은 로드의 부러진 팔을 천 조각이 된 로브로 단단히 고정하더니 어긋난 뼈를 억지로 맞췄다.

"좋아. 이젠 의무실의 세실리아 선생님께 마술로 치료를 받으면……."

"로드! 글렌 선생님!"

그러는 사이에 로드의 보호자인 듯한 약간 풍채가 좋은 여성이 달려왔다.

"저, 정말 죄송합니다! 저희 바보 아들내미가 이런 말썽을!"

"아뇨, 사과드려야 할 건 저죠. 죄송함. 제가 잘 살피지 못해서."

"그런…… 누가 봐도 저희 바보 아들내미가 쓸데없는 짓을 한 게 문제잖습니까! 정말이지, 얘가 진짜…… 선생님까지 다치게 하다니……!"

"미, 미안해. 엄마…… 선생님."

"하하하, 전 괜찮습니다. 피부가 살짝 벗겨진 것뿐이니까요. 이것 보세요."

글렌은 깔깔 웃으면서 뼈가 부러진 손을 억지로 흔들어 보였다.

"뭐, 어머님께 멋진 모습을 보여드리고 싶었던 거겠죠. 저희가 화내지 않아도 충분히 반성한 것 같으니 너무 혼내시진 마십쇼."

"하지만 선생님의 소중한 로브가……."

"예? 에이~ 뭐, 이딴 건 고작해야 옷일 뿐이잖아요? 미련하게 평생 소중히 여길 것도 아니잖습니까."

"저기요……. 선생님? 이제 그만하시죠? 슬슬 입 좀 다무세요. 예?"

시스티나는 글렌과 레너드의 모습을 수시로 확인하면서 식은땀을 철철 흘렸다.

'화, 화나셨어……?! 아버지께서 엄청 화나셨어?!'

자세히 보니 레너드의 안색은 이미 시뻘겋게 변해있었다.

'진짜 뭐냐구! 지금까진 잘 풀렸는데! 예상치 못한 사고였지만, 선생님이라면 좀 더 잘 수습할 수 있었으면서! 그런데

왜 마지막에 와서 자기가 전부 망치는 거냐구요! 이 바보! 바보! 바보~!'

그리고 로드와 카이는 일부 보호자와 학생들의 도움을 받아 의무실로 이동했다.

"나 원 참, 이걸로 그럭저럭 해결인가."

글렌은 평소 같은 태도로 너덜너덜해진 로브를 대충 어깨에 걸쳤다.

"아, 루미아. 나중에 치료 좀 부탁할게. 살짝 허세를 부리긴 했는데…… 실은 울고 싶을 정도로 손이 아파……."

"저기, 선생님……. 그것보다……."

루미아는 난감한 얼굴로 뒤를 가리켰다.

그쪽으로 시선을 돌린 글렌은 자신이 지금까지 무슨 짓을 한 건지 그제야 깨달은 모양이었다.

"……아."

갑자기 돌변한 글렌의 태도에 보호자 일동은 어떻게 반응해야 좋을지 몰라 난처해 하고 있었다.

"아~ 으흠!"

글렌은 어색하게 헛기침을 한 후 학생들을 돌아보았다.

"아~ 음, 뭐, 지금 바람직하지 못한 마술사의 본보기를 실천해봤습니다만, 원래 이런 상황에서 마술사가 취해야 할 올바른 태도는……."

"선생님……. 그 변명은 아무래도 무리가 있지 않을까

요……?"

"아…… 혹시 전부 다 들통났나?"

"아마도요……. 그래서 그렇게 말씀드렸는데……."

그렇게 중얼거린 시스티나는 눈물을 글썽거리며 어깨를 축 늘어트렸다.

"……글렌, 이라고 했나?"

그리고 악귀 같은 표정의 레너드가 글렌에게 다가왔다.

"그게 네놈의 본성이다 이거군."

"아~ 그게~ 그러니까~ 뭐, 평소에는 조금 더 성실하거든요? 아주 조금이지만…… 예."

"시끄럽다! 사내자식이 변명은! 대체 그 대응은 뭐냐! 네놈이 그런 마술사답지 않은 대응을 하니까―."

레너드가 격노했다.

"잠깐만요! 아버지!"

"그, 그래요! 재고해주세요! 선생님을 저희를 위해서―."

당황한 시스티나와 루미아가 글렌을 옹호하려 했으나―.

"우리 시스티와 루미아가 활약하는 걸 못 봤잖아!"

"""……예?"""

레너드의 영문을 알 수 없는 말에 세 사람의 눈이 점이 되었다.

"모처럼 말썽을 저지른 반 친구를 구하려고 상쾌하게 주문을 외워서 골렘을 쓰러트리는 시스티의 모습을 볼 수 있었는데, 네놈이 그걸~!"

'……화내는 부분이 그거냐.'

"조금 전의 치료도 그렇지! 우리 루미아의 힐러 스펠과 의료 기술은 거의 프로 수준이라고! 왜 루미아에게 맡기지 않은 거냐!"

'……대체 뭐냐고, 이 아저씨는…….'

글렌은 도움을 바라는 시선으로 주위를 살폈다.

"어떤가요? 여러분. 실은 말이죠. 저 아이가 제 애제자인 글렌이랍니다. 후훗, 꽤 멋진 남자죠? 저 아이는 제자들을 지키기 위해서라면—."

그러자 완전히 깬 표정의 학부모들 사이에서 세리카가 느닷없이 제자 자랑을 시작하는 게 아닌가.

'야, 인마. 세리카. 넌 제발 좀 가라.'

완전히 축 늘어진 글렌은 깊게 한숨을 내쉬었다.

"흥! 네놈에겐 더 하고 싶은 말이 많다만……."

그리고 레너드는 마치 값을 매기는 것처럼 글렌의 눈을 똑바로 들여다보았다.

"뭐, 좋은 눈을 하고 있군."

"……예?"

예상치 못한 칭찬에 글렌은 눈을 깜빡거렸다.

"선생. 우리 시스티는 보기 드문 재능을 타고 난 탓에 자기도 모르게 자만하는 경향이 있소."

"예?"

"루미아는 사실 뛰어난 재능을 가지고 있지만, 주위를 지나치게 배려한 나머지 자기주장이 부족해서 성장이 느려지는 경향이 있고."

"……예?"

"딸들을 잘 지도해주길 바라오."

그 말을 끝으로 아주 살짝 고개를 숙인 레너드는 그대로 등을 돌린 후 부리나케 걸어갔다.

글렌은 그저 당혹스러울 따름이었다.

"후훗, 솔직하지 못하기는."

이번에는 온화한 미소의 필리아나가 글렌에게 다가왔다.

"선생님. 앞으로도 시스티나와 루미아를 잘 부탁드릴게요."

"아…… 어라? 지금 이게 도대체 무슨 상황인지……. 당신들은…… 화가 나셨던 게 아닙니까?"

"예? 어째서요?"

가볍게 웃은 필리아나는 이상하다는 듯 고개를 갸웃했다.

"저도, 남편도 화를 낼 이유가 전혀 없는걸요."

"아, 예에……?"

필리아나도 그 말을 끝으로 남편의 뒤를 조용히 따라갔다.

"대체 뭐야? 너희들한테 들은 이야기랑 엄청 다르잖아?"

"저, 저도 잘 모르겠어요……. 아버지라면 틀림없이 화내실 줄 알았는데……."

그런 의문을 품은 채로 수업 참관은 계속되었다.

세리카는 여전했지만 레너드는 눈에 띄게 얌전해졌다.

결국, 이번 수업 참관은 맥 빠질 정도로 아무 일 없이 무사히 종료했다.

"……좋은 선생님이었네요."

필리아나와 레너드는 수업 참관을 마친 후, 나란히 집으로 돌아갔다.

"……흥. 글쎄다."

"어머, 당신…… 혹시 옛날 일이 생각난 건가요?"

"……그래. 내가 관료가 되기 전…… 마술강사로 일했을 때를 조금."

눈치가 빠른 아내의 반응에 레너드는 험악했던 표정을 약간 누그러트렸다.

"피벨 가문의 후계자였던 당신은 가문의 규칙에 따라 평범한 마술사가 되는 게 싫어서 많이 반발했었죠."

"……그랬었지. 아버지…… 시스티에게는 할아버지겠군. ……나름대로 존경은 했지만, 그래도 난 가문에 얽매이지 않고 내 길을 스스로 개척하고 싶었으니까."

"그래서 당신은 가문을 뛰쳐나와서 관료 시험을 볼 때까지의 생활비를 벌려고 마술강사가 됐던 거구요……."

"맞아. 당신 말대로야."

"하지만 당신은 원래 강사가 될 생각이 없다 보니 처음에는 많이 불성실한 태도로 엉터리 수업만 했었죠. 당시의 전 그게 참 불만스러웠답니다."

"그러고 보니 우린 자주 싸우곤 했지. 당신도 고명한 마술사 가문의 아가씨였으니……."

"솔직히 말해 그 시절의 당신은…… 후훗. 예, 변변찮은 사람이었어요. 자신이 얼마나 혜택받은 환경에 있는지도 모르고 어린애처럼 가문에 반발하기만 할 뿐인."

"……윽. 아니, 그, 그때는 미안했어. ……나도 아직 젊었을 때니까……."

"하지만 계속 강사로 일하는 사이에 점점 성실해졌죠. 태도나 말투는 거칠지만 이러니저러니 해도 학생들을 늘 생각해주는…… 막상 학생들을 위해서라면 마술사의 체면은 안중에도 없이 필사적으로……. 예, 오늘의 글렌 선생님처럼요. 저는 그런 당신을……."

"……."

"우후훗, 저 글렌이라는 분은 젊은 시절의 당신과 똑같더라구요. 우리 아이들이 마음에 들어 하는 것도 납득이 가네요."

"흥, 말도 안 돼. 내가 저런 웃기지도 않는 남자와 닮았을 리가 없잖아?"

레너드는 즐겁게 웃는 필리아나에게 토라진 듯 대답했다.

"아무튼! 저런 남자에게 내 귀여운 딸들은 절대로 못 줘!"

"어련하시겠어요."

기분이 상한 듯한 레너드의 말을 필리아나는 온화한 표정으로 흘려 넘겼다.

공허 ~고독의 마녀~

세리카

Emptiness ~The lonesome witch~

Memory records of bastard
magic instructor

피부를 찌르는 듯한 추위와 날카롭게 휘몰아치는 차가운 바람 속에서 길고 호사스러운 금발을 나부끼는 여자가 있었다.

요염한 곡선을 그리는 몸을 감싼 것은 기장이 긴 검은 로브— 제국 궁정 마도사단의 예복이었다. 여자는 로브를 펄럭이며 그곳에 우두커니 서 있었다.

나이는 스무 살쯤 됐을까. 마성(魔性)이 느껴지는 그 용모는 소름 끼칠 정도로 단정했지만, 왠지 모를 어두운 그늘이 드리워져 있었다. 유령처럼 나부끼는 머리카락 사이에서 드러난 진홍색 눈동자는 어슴푸레한 퇴폐미와 비관을 강렬하게 머금고 있었다.

싱그러운 젊음과 눈부신 미모를 가졌음에도, 어째선지 그 여자는 살날이 얼마 남지 않은 노파 같은 분위기를 덮어쓰고 있었다.

"……."

그녀와 대치한 것은 같은 마도사단의 예복을 입은 세 명의 마도사였다.

문드러지고 창백한 피부, 빛을 반사하지 않는 공허한 눈동자, 시체가 썩는 악취……. 이 세 마도사는 이미 리치 미니언— 생명의 섭리에서 벗어난 불사자로 변모해 있었다.

여자의 앞에 나타난 이 미니언들은 셋 다 그녀의 지인이었다.

바로 한 달 전까지는 같은 조직에 있었던 동료이자 전우였다.

하지만 완전히 변모한 동료들의 모습을 보고서도 여자의 표정에는 아무런 감회나 동요가 없었다.

감회는커녕…… 리치 미니언으로 변한 옛 동료들에게 그 여자— 세리카 아르포네아는 이렇게 말했다.

"정말이지…… 꼴사나운 몰골이로군."

진심으로 경멸하는 목소리로.

한편 세 미니언은 맨손으로 전투태세도 취하지 않는 세리카를 향해 손을 내밀고, 마치 지옥 밑바닥에서 울리는 바람 소리 같은 목소리로 주문을 영창했다.

그들이 생전에 쌓은 절대적인 마력이, 갈고 닦은 기교가 마술을 발동시켰다.

찰나의 순간.

극광의 벼락이, 천상의 업화가, 지옥의 냉기가 시야를 가득 메우며 세리카를 집어삼키려는 듯이 날아들었다.

"……흥."

하지만 세리카는 닿기만 해도 자신의 몸을 잿더미로 만들 수 있는 강대한 마술들을 시시하다는 듯 게슴츠레한 눈으로 응시할 뿐이었다.

—며칠 전.

텅 빈 와인 병 몇 개와 깨진 유리 조각이 바닥에 널려 있는 살풍경한 세리카의 방.

"……리치의 지배를 받는 마을을 해방하라고……? 흐음…… 그게 내 다음 임무인가?"

침대 위에 칠칠맞은 모습으로 누워 있던 세리카는 보석형 통신 마도기를 귀에 대고 나른한 목소리로 중얼거렸다.

몸에 걸친 몹시 얇은 네글리제가 심하게 흐트러진 탓에 풍만한 가슴, 요염한 어깨와 목덜미, 늘씬한 허벅지가 그대로 드러나 있었다. 완전히 늘어진 팔다리를 아무렇게나 내던지고 탁한 눈, 땀이 밴 불그스름한 피부, 불꽃처럼 뜨거운 숨결, 입가에 드리운 요사스러운 미소…… 마치 타락과 퇴폐의 극치 같은 여자의 모습이 그곳에 있었다.

『그래요. 제국 궁정 마도사단 특무분실 집행자 넘버 21 《세계》의 세리카 아르포네아……. 제국 정부는 이번 사태를 상당히 중요하게 보고 있습니다.』

보석 너머에서 들리는 목소리의 주인— 여왕 알리시아 7세가 심각한 말투로 말했다.

『그 마을을 리치의 지배로부터 해방하기 위해 이미 제국 궁정 마도사단 특무분실에서 《힘》, 《절제》, 《태양》 그리고…… 《탑》. 이 네 명을 파견했지만, 리치 토벌 보고가 올라오기는커녕 아무도 귀환하지 않았습니다. 연락도 끊어졌구요.』

"……호오?"

세리카는 약간 몸을 비틀면서 관심 없다는 듯 대답했다.

『네 명 모두 제국 궁정 마도사단에서도 톱클래스의 초일류 마도사였습니다. 하지만…… 생각하고 싶지도 않지만…… 현재 상황으로 판단하기에 그들은…….』

"하핫…… 살해당했겠군. 그 마을을 지배한 리치에게. 뭐, 어쩔 수 없잖아? 죄다 약한 놈들이었는걸."

진심으로 깔깔 웃는 세리카에게 알리시아가 딱딱한 목소리로 말했다.

『그런 말은 삼가세요, 세리카. 그들은 동료잖아요?』

"……동료? 앨리스, 넌 길바닥의 개미하고도 친구가 될 수 있다는 거야? 큭큭큭……."

『세리카…… 그런 식으로 남을 깔보는 발언은…….』

"하! ……약한 놈들이 약하다고 하는 게 뭐가 나빠."

세리카는 입가를 끌어올렸다.

"……아, 맞아. 생각났어. ……이번에 죽은 앙리에타가 얼마 전에 건방지게도 이 몸에게 결투를 신청하더라. ……열 받으니까 다들 보는 앞에서 아주 묵사발을 내줬지. 하하하! 진짜 걸작이었다고! 그 굴욕감으로 물든 원통한 얼굴을 앨리스한테도 보여줬어야 하는 건데! 그렇군. 그 녀석이 죽었다고……? 그 잘나신 『인형사』님도 별것 아니었군!"

『세리카!』

알리시아가 비난하듯 외치자 세리카는 실실 웃으며 대답했다.

"……자자, 화내지 말라고. 앨리스……. 앙리에타는 마술사로서 정당한 『결투』를 신청한 거였잖아? 난 그걸 받아들인 것뿐이야."

세리카의 말투는 어린애가 의미 없는 만용을 자랑스러워하는 것과 별반 차이가 없었다.

"뭐라더라……? 최강의 마술사가 누군지 결판을 내자고……? 하아…… 그 녀석, 바보 아냐? 최강은 당연히 나지. ……나는 그 녀석과 살아온 세월과 격이 전혀 다르건만…… 굳이 붙어볼 것도 없이 알아차릴 것이지……."

『그런 게 아니라……! 어떻게 된 건가요? 세리카…… 대체 무슨 일이 있었던 거죠……? 옛날부터 당신은 방약무인한 사람이었지만 요즘은 특히 더 심하잖아요…….』

진심으로 걱정하는 알리시아의 목소리에 세리카는 약간 언짢은 듯 말했다.

"……흥……. 앨리스는…… 관계없잖아……. 음, 후후…… 훗……."

『미묘하게 어눌한 말투……. 당신, 오늘은 더 심하게 취한 거군요? 술에 의지하는 건 그만두라고 몇 번이라 말했건만…….』

"뭐, 어때. 고작해야 술 따위……. 이 지긋지긋한 육체

는…… 중독이나 쇠약과는 무관하다고……. 하핫…… 조금
쯤 망가져도 좋을 텐데…… 빌어먹을…….”

『……..』

자조와 짜증이 뒤섞인 세리카의 말에 알리시아는 뭔가를
눈치챈 것처럼 침통한 목소리로 중얼거렸다.

『……제힘으론…… 당신을 구원할 수 없어요……. 제가 아
무리 당신에게 다가가려 해도…… 저의 여왕이라는 특이한
입장 때문에…… 당신은 절 무의식적으로 거절할 테니까
요……. 저로선…… 진정한 의미로 당신의 마음에 다가설 수
없어요……. 무척 유감이지만…….』

“……응? 지금 대체 무슨 소릴 하는 거야? 앨리스…….”

『누군가…… 무조건적으로 당신의 곁에 있어줄 대등한 인
간이 존재한다면…….』

알리시아의 혼잣말을 들은 세리카가 어리둥절한 얼굴로
입을 다물었다.

이윽고―.

“……풋! ……아핫! ……하하하하……아하하하하하하하!”

세리카는 배를 잡고 웃기 시작했다.

“그게 무슨 소리야? 앨리스. 잘 들어. 난 『강해』. 그런 녀
석 따윈 필요 없어. 까놓고 말해 방해돼. 무리를 짓는 건
『약한』 녀석들이나 하는 짓이야. 내 말이 들려?”

『세리카…… 저는…….』

"……뭐, 임무는 알아들었어."

세리카는 뭔가 말하려 하는 알리시아의 말을 억지로 끊고 다시 입을 열었다.

"리치……. 마술을 연마한 끝에 불사자로 변한 외도(外道) 마술사……. 타인의 생명을 흡수해서 거짓 영원을 살아가는 추하고도 꼴사나운 괴물……. 하핫, 들으면 들을수록 열 받는 자식이잖아……. 그래, 알았다고. 앨리스…… 해충 구제는 나한테 맡겨. ……그 리치라는 자식은 내가 확실히 죽여 줄 테니까……."

그리고—.

"《《《꺼져》》》."

세리카는 단 한 마디의 주문으로 흑마 【플라스마 캐논】, 【인페르노 플레어】, 【프리징 헬】— 세 종류의 고위 어설트 스펠을 동시에 발동했다.

극대 전격포가, 끓어오르는 작렬 업화의 파도가, 절대영도로 반짝이는 냉기의 결계가 짓쳐드는 주문들을 간단히 밀어냈고— 어리석게도 자신을 공격한 미니언들을 그대로 날려 버렸다.

삼중창. 세상을 경악하게 한 세리카 아르포네아의 절기 중 하나.

경천동지의 폭음이 마을 전체로 퍼진 후…… 리치 미니언으로 변했던 옛 동료들은 먼지 하나 남기지 못한 채 이 세상에서 소멸했다.

"……하! 약하군. 너무 약하다고, 너희들은."

세리카는 경멸하듯 웃었다.

"【힘】의 일리어스. 【절제】의 토르. 【태양】의 클레어…… 뭐야, 너희들은 아직도 고작 그 정도였어? 하하, 그 모양이니까 죽는 게 당연하지."

옛 동료들에게 하는 말이라고는 생각할 수 없는 말투. 세리카는 동료를 자신의 손으로 처리했음에도 아무런 양심의 가책도, 감회도 느끼지 못했다.

"자, 그럼……."

풀 한 포기 남지 않고 초토화된 광장으로부터 등을 돌린 세리카는 마을의 북쪽을 향해 걸어갔다.

숨을 죽이고 굳게 문을 닫은 집들을 지나치며 촌장의 집으로—.

"이봐, 촌장. 끝났으니까 문 열어."

세리카가 문을 두드리자 조심스럽게 현관문을 열고 모습을 드러낸 것은 초로의 남자…… 이 마을을 다스리는 촌장이었다.

"리치의 하인들은 전부 내가 처리했다. 이걸로 잠시 문제없겠지."

"오오…… 설마…… 정말입니까……? 미, 믿을 수가 없군요……. 그 악마들을 격퇴할 수 있는 인간이 정말로 이 세상에 존재했다니……! 이걸로…… 이걸로…… 우리 마을은……!"

촌장은 감격했는지 눈물을 글썽거렸다.

"……참 나, 그렇게 생각하는 건 아직 일러. 리치 퇴치는 꽤 번거롭다고."

세리카는 어깨를 으쓱이며 너스레를 떨었다.

"리치……. 금단의 마술로 불사자로 변해서 강대한 마력을 손에 넣은 마술사……. 요컨대 영원한 생명을 위해 인간을 그만둔 놈들을 말하는 거다만…… 어차피 불완전한 불로불사, 살아있는 자에게서 정기(精氣)를 흡수하지 않으면 자신의 몸을 유지할 수 없는 참으로 꼴사나운 놈들이지."

세리카는 비웃는 것처럼 말했다.

"그런 고로 안정적으로 정기를 모으기 위해 인간의 마을을 자신의 지배하에 둬서 활동 거점으로 삼는 경향이 있지. ……딱 이 마을처럼."

"예에……."

"하지만 불사자를 죽일 수 있는 마술은 얼마든지 있어. 말로만 불사인 놈들이야. 하지만 모처럼 한정적인 불로불사를 손에 넣었는데 빨리 죽고 싶을 리 없잖아? 정기를 흡수하러 인간의 마을에 모습을 드러내면 퇴치당할 위험성이 커. 그래서 기본적으로 놈들은 자신의 하인들을 부려서 정기를 모으게 하는 거다."

"하인……이요?"

"그래, 하인. 리치에게 한 번 정기를 흡수당한 인간은 리치 미니언이라는 살아있는 시체로 변해서 리치의 충실한 하인이 돼. 그 녀석들에게 정기를 모으게 하는 거야."

"그, 그럴 수가……. 그렇다면…… 지금까지 놈들에게 마을 사람들이 몇 명이나 납치당했습니다만…… 그들은……?"

세리카는 새파랗게 질린 얼굴로 묻는 촌장에게 태연하게 대답했다.

"맞아. 아마 죽었겠지. 극한까지 정기를 흡수당해서 미라가 됐거나…… 혹은 리치 미니언이 됐을 수도……. 어차피 구할 방법은 없어. 포기해."

"그, 그런…… 그럼 전 유가족들에게 대체 뭐라고 말을 전해야……."

"글쎄? 고인의 명복을 빈다고 하면 되지 않을까? 아, 제국 정부에 탄원하면 장례비 정도는 나올지도? 한 번 그렇게 해보든지."

세리카는 자신과는 상관없는 일이라는 듯 풍성한 머리카락을 쓸어 넘겼다.

"아무튼 리치는 살아있는 인간의 정기를 흡수하지 못하면 소멸해. 그러니 정기를 모으기 위해 자신의 리치 미니언들을 보낼 수밖에 없어. 그런 고로 그 미니언들을 닥치는 대로 해치우다 보면 결국 자신의 손으로 직접 정기를 모을 수밖에 없게 되겠지. 그렇게 해서 어슬렁어슬렁 기어 나온 리치를 내가 처리할 거다. 그때가 돼야 비로소 이 사건도 막을 내리는 거고."

소름이 돋을 정도로 냉혹한 세리카의 미소를 본 촌장이 숨을 삼켰다.

"지금은 아직 미니언들을 처리하는 단계야. 나 원 참, 송사리 주제에 시간만 더럽게 잡아먹으니까 리치 퇴치가 싫은 거라고……."

"저기…… 혹시 그 리치가 당신에게 두려움을 품고 다른 곳으로 달아날 가능성은 없습니까?"

"없어. 자세한 마술 이론은 생략하겠는데, 리치라는 건 자신이 다시 태어난 땅에 속박당하기 때문에 너무 멀리 떨어지진 못해. 어차피 불완전한 불로불사일 뿐이거든. 정보에 따르면 그 리치의 첫 출현 장소는 이 마을…… 즉, 이 근방이야말로 리치의 고향이 되는 셈이지."

세리카는 이로써 할 말은 다했다는 듯 등을 돌렸다.

"……그런 고로 앞서 말한 것처럼 난 한동안 이 마을에 머무를 수밖에 없다만…… 상관없겠지?"

"아, 예……. 그거야 물론……."

촌장은 황송하다는 듯이 대답했다.

"다, 당신은 이 마을의 구세주이십니다. 마술이라는 기적으로 놈들을 두려워하며 살아갈 수밖에 없었던 저희에게 빛을 내려주신…… 그러니 저희 마을은 당신을 진심으로 환영하겠습니다."

"……."

그 말을 들은 세리카가 갑자기 걸음을 멈췄다.

"부, 부디…… 저희를 구해주십시오……. 세리카 님……."

"……그래. 나만 믿어."

그렇게 작은 목소리로 대답한 세리카는 그대로 촌장의 앞에서 사라졌다.

"흥……, 뭐가 구세주라는 거야……. 뭐가 환영한다는 거야……. 썩을……!"

한동안 이곳에 머무르기 위해 마을 외곽에 있는 빈집으로 가는 도중, 세리카는 불쾌한 얼굴로 그런 말을 내뱉더니 길가에 놓인 항아리를 발로 차서 깨버렸다.

"잘도 마음에 없는 말을 주절주절……!"

그녀는 이미 눈치채고 있었다.

자신이 환영받지 못하고 있다는 것을. 리치와 동등하거나 그 이상으로…… 두려움을 받고 있었다.

어제 처음 이 마을에 도착했지만 마을 사람들은 세리카에 대한 공포를 숨기려 하지도 않았다. 이렇게 길을 걷고 있으면 누구나가 집에 틀어박혀서 굳게 문을 걸어 잠갔다.

그리고 오늘, 전 동료를 아무런 망설임도 없이 처리했으니 그 공포와 혐오감은 더더욱 가속될 것이다. 정말로 짜증스럽기 짝이 없었다.

"……자기 몸 하나 제대로 건사하지 못하는 『약한』 놈들 주제에……!"

물론 어느 정도는 어쩔 수 없는 부분도 있었다. 평범하게 살아가는 사람들에게 마술이란 거의 접할 일이 없는 기술이었고, 따라서 적지 않은 사람들이 악마의 힘이라며 두려워하고 있었으니까. 그런 힘을 자유자재로 행사하는 마술사는 어느 시대에나 두려움의 상징이 될 수밖에 없었다.

하지만 그 이상으로—.

"……설마 이런 변경 촌구석까지 내 악명이 퍼졌을 줄은……."

어제 멀리서 마을 사람들이 그 별명을 중얼거리는 것을 듣고 말았다.

『잿더미의 마녀』 세리카 아르포네아. 그 마녀가 지나간 길에는 먼지 하나 남지 않는…… 파괴와 죽음을 퍼트리는 재앙의 화신.

특히 마술에 면역과 지식이 없는 이런 변경 마을 출신자들에게 세리카는 리치와 별다를 바 없는 존재였으리라.

"……흥. 뭐, 아무렴 어때. 원래 감사 따위 기대한 적도 없었어. 난 뭔가를 부술 수 있으면 그걸로 충분해. 지금까지 쌓은 강대한 힘으로 바보 같은 송사리들을 굴복시키는 건 아주 속 시원하니까. 하하하! 부디 이번에도 날 즐겁게 해줬으면 좋겠군……."

하지만 말투와 달리 세리카는 몹시 기분이 나빴다.

"……칫."

이유를 알 수 없는 초조함에 사로잡혀서 짜증스럽게 혀를 차고…… 그대로 그 자리에서 떠나려 한 순간—.

"저기, 누나!"

누군가가 자신을 부르는 목소리에 세리카는 걸음을 멈추었다.

"누나가 우리를 구해준『정의의 마법사』지?"

귀찮은 듯 고개를 돌리자 한 꼬맹이가 눈에 들어왔다.

열 살쯤 된 어린 소년이었다.

"……누구냐? 넌."

"나? 난 글렌. 글렌 레이더스!"

짜증이 묻어나는 목소리로 묻는 세리카에게 소년은 눈을 반짝거리며 대답했다.

"……."

그러고 보니 어제도 마을 사람들이 세리카와 눈을 마주치려 하지 않는 가운데, 이 소년만 지금 같은 동경하는 눈으로 자신을 바라보았던 것이 기억났다.

"넌…… 내가 무섭지 않은 거냐?"

세리카는 그 소년— 글렌을 게슴츠레한 눈으로 노려보았다. 그 피처럼 붉은 두 눈동자는 마치 날카로운 칼날 같아서 보통 사람이라면 바로 시선을 피했으리라.

　"응? 어째서? 누나는 우리를 지켜준 거잖아? 분명 좋은 사람일 거야! 난 알아!"

　하지만 세리카가 아무리 노려봐도 글렌은 그저 천진난만하게 웃을 뿐, 그녀를 똑바로 바라보았다.

　"조금 전에도 나무 위에 올라가서 봤어! 누나가 항상 마을 사람들을 어딘가로 끌고 가는 나쁜 사람들을 간단히 해치웠던 거지? 응. 역시 누나는 틀림없이 우리를 구하러 온『정의의 마법사』야! 그치?"

　참으로 무지몽매한 소년의 미소에…… 세리카는 속이 뒤집혔다.

　충동적으로 예창 주문을 시간차 발동했다.
^{스톡 스펠} ^{딜레이 부트}

　다음 순간, 주문 영창 없이 발동한 폭염이 소년을 집어삼켰다.

　하늘 높이 솟구친 불기둥. 마을 전체로 울려 퍼지는 폭음.

　이윽고 거세게 타오르던 불꽃이 가라앉고 불똥이 바람에 휘날리면서 먼지가 개이자—.

　심하게 불에 타고 헤집어진 땅 한가운데에 화상 하나 입지 않은 소년이 눈을 깜빡이며 멍하니 서 있었다.

　"꺼져. 다음에는 안 봐줄 거다. 난 너 같은 성가신 꼬맹이가 제일 싫다고."

세리카는 말 구석구석에 냉기가 담긴 험악한 목소리로 글렌을 위협했다.

"우와~! 굉장해! 굉장해! 누나, 멋있어!"

하지만 세리카의 의도와 정반대로 글렌은 손뼉을 치며 크게 기뻐했다

"이게 『마법』이지?! 나도 그림책에서 봤어! 『마법』을 쓰면 가능하다고! 모두를 지켜주고 행복하게 해줄 수 있다고! 좋겠다~! 굉장해~! 멋져~! 나한테도 그런 힘이 있었으면 좋을 텐데~!"

"……이 꼬맹이가."

한편 분위기 파악을 못 하는 글렌의 반응에 세리카의 짜증은 최고조에 도달했다.

"있잖아! 누나! 다른 『마법』은 또 없어? 보여주면 안 돼? 응? 부탁이야~! 좀 보여주라~!"

과자를 달라고 조르는 것처럼 세리카에게 응석을 부렸다.

그녀를 바라보는 글렌의 눈은 한없이 순수하고 솔직했다.

세리카야말로 자신들을 구하러 온 『구세주』라고, 그림책에 나오는 『정의의 마법사』라고…… 믿어 의심치 않는 동경의 빛이 깃든 눈.

진심으로…… 짜증이 났다.

"……큭!"

……왠지─.

이상하게도─.

세리카는 그 순진무구한 시선을 견딜 수 없었다.

"……아윽!"

어느새 정신을 차리고 보니 글렌은 비명을 지르며 바닥을 구르고 있었다.

"……꺼져. 죽고 싶지 않으면."

세리카가 글렌을 있는 힘껏 발로 걷어찼기 때문이었다.

"……흥. 꼴좋다."

그런 글렌의 모습을 내려다보며 속이 시원해진 세리카는 만족스럽게 등을 돌리고 그 자리를 떠나려 했다.

하지만 속이 시원했던 건 그 한순간뿐이었다.

"……콜록! ……아, 아아……. 아파……. 왜?"

뒤에서 들린 글렌의 슬픔과 고통으로 물든 목소리를 듣자─.

"……아?!"

갑자기 당혹스러움과 후회가 뒤섞인 최악의 감정이 가슴 속을 지배했다.

"……누, 누나는…… 우리를 지켜주는…… 정의의, 마법사가…… 아니었던……거야……?"

"큭!"

세리카는 정체를 알 수 없는 무언가로부터 도망치듯 다시

등을 돌리고 달려갔다.

"제길! 제기랄! 저 꼬맹이……! 그만! 그런 눈으로 날 쳐다보지 마! ……떠오른단 말야! **그 녀석**이……! 빌어먹을……!"

정신없이 달려가는 세리카의 혼잣말을 들은 자는…… 아무도 없었다.

……

……꿈을 꾸었다.

그날 이후로 벌써 몇 번째인지 헤아릴 수 없는 그 꿈을…….

지금으로부터 약 2백 년 전. 내가 이 세상에서 『눈을 뜬』 뒤로 2백 년이 지났을 무렵. 즉, 내 4백 년간의 인생 중 딱 중간에 해당하는 시절의 이야기다.

모든 것이 불에 타고 저주받은 독기로 오염된 전장에서, 마치 종말을 현실에 구현한 듯한 세상에서 나는 그 소녀와 함께 있었다.

"……해……해냈어……. 세리카……."

그렇게 말한 소녀는 피투성이가 된 몸으로 힘없이 땅 위에 누워 있었다.

그 옆에 마치 묘비처럼 꽂힌 그녀의 검.

소녀는 이제 그 어떤 마술로도 손을 쓸 수 없는 치명상을 입었으면서도, 피를 토하면서도 나를 향해 웃어주었다.

"……마침내…… 외(外)…… 사신을…… 해치웠……어…….

아하, 하…… 세리카는…… 굉장……해……. 역시…… 세리카……는, 정의, 의…… 마법, 사…… 쿨럭!"

절망적인 싸움을 끝낸 여운도, 승리의 기쁨도 느낄 수 없었다.

"……제발…… 죽지 마, 엘리……."

나는 소녀— 엘리에테의 손을 잡고 하염없이 눈물만 흘리고 있었다.

내가 늘 쓰고 있던 냉정함을 가장한 가면 따윈 이미 녹아서 사라졌다.

"죽지 마……. 날 혼자 두지 마……. 네가 없으면 나는, 나는……!"

"세리……카……. 미……안…… 나……는…… 여기, 까지, 인가…… 봐……."

아마도 이때 엘리에테는 죽기 싫어서 울고 있는 게 아니었을 것이다. 자신의 죽음으로 내가 외톨이가 되는 것이 걱정되어서 울었던 것이리라.

이 녀석은…… 엘리에테는 정말 바닥을 모를 정도로 착한 녀석이었으니까.

"그러지 마……. 그런 소리 하지 말라고……! 평소처럼 날 귀찮게 하란 말야……! 너한테 늘 쌀쌀맞게 대했지만, 난…… 사실은…… 사실은……!"

나는 더욱 강하게 엘리에테의 손을 쥐었다. 그러면 저세상으로 떠나려 하는 엘리에테를 이 세상에 붙잡아 놓을 수 있다고 믿는 것처럼……

세상의 섭리를 지배하는 마술사답지 못한 꼴사납고 우스꽝스러운 감상(感傷).

그래도 난 더욱 강하게, 강하게 그녀의 손을 쥘 수밖에 없었다.

"이제 혼자는 싫어! 짜증 나고 시끄러워도 좋으니까…… 그래도 누군가와 함께 있고 싶단 말야……! 더는 외톨이로 있고 싶지 않아……! 그러니까……!"

부끄러움 같은 건 잊었다.

세계 최고의 셉텐데 마술사로서의 긍지도 아무래도 상관없었다.

그저, 이런 변변찮은 자신에게 유일하게 호의를 보여준 친구를 잃고 싶지 않아서…… 멍청하게도 잃기 직전에 와서야 처음으로 자신이 이 소녀에게 호의를 가지고 있다는 사실을 깨닫고…… 나는 어린애처럼 울었다.

"제발…… 나를 두고 가지 마……. 난 너를…… 좋아했단 말야……."

"……알고 있었어……. 아하하…… 넌…… 강한 척만 하는…… 고집쟁이에…… 솔직하지…… 못하니까……."

엘리에테는 마치 갓난아기를 달래는 것처럼 미소 지으며 떨리는 손으로 내 뺨을 만져주었다.

"그래도 괜찮아……. 세리카는…… 사실…… 굉장히 다정하니까……. 분명, 네 곁에 있어 줄 사람이…… 또, 언젠가……."

"무리야! 널 만나기 전까지 난 계속 혼자였다고!"

이때부터 약 2백 년 전. 지금부터 세면 약 4백 년 전.

정신을 차리고 보니 난 어딘지 모를 황야의 한복판에 누워 있었다. 자신이 누구인지…… 지금까지 뭘 하고 살았는지…… 자신의 이름 외에는 아무것도 기억나는 게 없었다.

하지만 내가 이 세상에서 처음『눈을 뜬』뒤 한동안은…… 그리 나쁘지만도 않았다.

하지만 어느 날 받은 어떤 마술적인 신체검사를 통해 내가 전혀 나이를 먹지 않는 정체불명의 불로 체질이라는 것이 판명되자, 다들 혐오감을 드러내며 내 곁을 떠나갔다.

나에게 영원한 사랑을 속삭였던, 장래를 맹세했던 그 사람도…… 나를 괴물이라 욕하며 내 곁을 떠났다. 참으로 얄궂게도 내가 입을 예정이었던 웨딩드레스를 맞춘 직후에. 그렇게 울었던 건 태어나서 처음이었다.

그래도 내 곁에 있어 준 소수의 사람은 생명의 섭리를 거스르지 않고 세월의 흐름에 따라 늙어가며 쇠약해진 끝에…… 내 앞에서 숨을 거두었다. 그들의 묘 앞에 선 나는…… 그 지긋지긋한 검사의 결과대로 전혀 나이를 먹지 않았다.

그뿐만 아니라 세월이 흘러 내가 규격을 벗어난 마술사로서 두각을 드러내자 하나같이 내 강대하기 짝이 없는 힘을 두려워하고, 질투하고, 거부한 끝에…… 나는 더더욱 고립되었다.

"이런 내 곁에 있어 줄 사람 같은 건…… 이젠 너 말고…… 있을 리가……!"

나는…… 늘 고독했다.

그리고 틀림없이 앞으로도…….

"빌어먹을……! 이런 괴로움을 느낄 바에야…… 차라리 처음부터 그 누구와도……! 마음을 터놓지 않았으면…… 좋았을 텐데……! 혼자 살았으면 좋았을 텐데……! 그런데, 왜 나는…… 너 같은 걸……!"

"……세리카…… 미안……. 정말로…… 미안, 해……."

이 상황에서도 자기 생각밖에 못 하는 이기적인 여자인 나를 위해, 엘리에테는 자신의 사후에 남겨질 나를 걱정하며 눈물을 흘려주었다.

…….

그리고 그대로 눈앞이 깜깜해졌다.

빛조차 들지 않는 진정한 어둠이 꿈속을 떠도는 내 의식을 찾아왔다.

…….

……평소였다면 이 꿈은 여기서 끝이었다.

그대로 그 녀석의 손에 담긴 온기가 내 손아귀에서 서서히 사라지고…… 그 온기를 놓치지 않으려고 아무리 굳게 손을 잡아도 막을 수 없는…… 그녀의 온기가 완전히 내 손에서 사라진 순간ㅡ.

나는 눈을 떴다.

견딜 수 없는 상실감과, 그 녀석이 죽기 직전까지 그런 말밖에 못 해준 내 이기심에 구역질이 치미는 최악의 기분으로 눈을 떴다. 아무리 무골호인인 그 녀석이라도 나에게 정나미가 떨어져서 눈을 감았을 거라며 후회와 허무감에 시달리면서 눈을 떴다.

그리고 결국, 해가 뜰 때까지 잠 못 드는 밤을 고독하게 보내겠지.

……평소였다면.

…….

……하지만 이날은 뭔가가 달랐다.

'……어?'

언제까지나, 언제까지나 이 손에 남아있었다.

이제 내 주위는 평소처럼 새까맸고 그 녀석의 얼굴도 보이지 않았지만, 이 손에 느껴지는…… 선명한 온기.

'……엘리……?'

마치 그 녀석이 곁에 있어 주는 것만 같아서.

정말로 이기적인 말이겠지만…… 마치 그 녀석이 나를 용서해주는 것 같아서.

'……아…….'

내가 눈 뜨기를 기다리던 의식이 다시 천천히 가라앉았다.

마치 요람 위에서 흔들리는 것 같은 안도감.

떨어진다.

……떨어진다. 온기에 감싸인 채로 떨어진다.

이날.

……나는 몇백 년 만에 처음으로 푹 잠들 수 있었다.

…….

……작은 새가 지저귀는 소리에 의식 한켠이 반응했다.

눈꺼풀이 아침 햇살을 느꼈다.

"……으."

천천히 눈을 뜬 세리카는 몽롱한 머리로 자신의 상태를 확인했다.

이곳은 자신이 이 마을에 머무는 동안 쓸 예정인 오두막이었다. 좁은 데다 최소한의 설비밖에 없는 살풍경한 목조 건물. 자신은 그 오두막 안에 있는 의자에 앉은 채 테이블에 엎드려 잠이 든 모양이었다.

세리카는 테이블에 엎드린 채로 멍하니 생각했다.

'……어젯밤에…… 내가 뭘 했었더라……?'

잠이 깨는 것과 동시에 서서히 어젯밤의 기억이 되살아났다.

'아…… 맞아. ……오랜만에 그 녀석을 떠올리는 바람에…….'

오랜만에 마음의 빗장이 벗겨지고 말았다. 가끔 그런 식으로 감정이 폭주하면 세리카는 자신을 억누를 수가 없었다.

그래서 어젯밤에는 이렇게 테이블에 엎드려서 홀로 계속 흐느껴 울었다.

그리고 울다 지쳐서 잠이 든 것이리라.

게다가 꿈에서까지 그 녀석— 엘리에테가 나오는 바람에 꿈속에서도 울었다.

자신의 일이지만 참으로 연약하고 한심스러운 짓이었다. 『잿더미의 마녀』라는 별명이, 제국 궁정 마도사단에서도 최강으로 이름 높은《세계》의 코드 네임이 울겠다.

마을에 펼쳐놓은 결계는 세리카의 감각과 직접 연결되어 있었다. 침입자가 있다면 아무리 푹 잠들어 있어도 바로 정신을 차리고 대응할 수 있었다.

'나 원 참. 이런 꼬락서니로는 앞날이 훤하군…….'

테이블에 엎드린 채 멍하니 그런 생각을 했다.

하지만 기분은 나쁘지 않았다. 오랜만에 머리가 가벼웠다. 무리한 자세로 잠들어서 그런지 몸 여기저기가 욱신거리며 아팠지만…… 이렇게 편하게 잔 건 대체 몇 년 만일까.

분명 지금도 손에 남아있는 이 온기 덕분이리라.

'따뜻해……. 아마 이 온기 덕분에 난 안심…….'

……잠깐.

뭔가가 이상했다.

꿈속의 온기가 아직도 남아있다고? 말도 안 돼.

"헉?!"

기분 좋게 잠에 취해있던 의식이 단숨에 각성하자 세리카는 즉시 고개를 들었다.

그러자 테이블 맞은편에 어제 만난 소년— 글렌이 의자에 앉은 채 세리카와 같은 자세로 잠들어 있었다. 그의 손은…… 세리카의 손을 쥐고 있었다.

"아앗?!"

반사적으로 손을 뒤로 물리고 일어섰다. 누군가가 자신의 어깨에 걸쳐준 담요가 바닥으로 떨어졌다.

손이 떨어지자 당연하게도 지금까지 느끼고 있던 온기가 급속도로 사라졌다.

세리카는 어딘지 모르게 아쉬워하는 자신의 마음을 전력으로 억누르면서 글렌에게 고함을 질렀다.

"야! 너! 어떻게 들어온 거야!"

"……으, 응……?"

갑자기 손을 뿌리친 데다 고함까지 질러댔으니 푹 잠든 글렌도 눈을 뜰 수밖에 없었던 모양이다.

글렌은 졸린 눈을 비비며 고개를 들고 세리카를 올려다보았다.

"아…… 누나. 좋은 아침…….."

"인사는 필요 없어! 질문에 대답해! 네가 어떻게 여기 있는 거지?!"

세리카는 히스테릭하게 악을 썼다.

"어떻게라니…… 어제 누나랑 헤어졌을 때…… 엄청 무서웠기는 해도……, 동시에…… 왠지…… 엄청 괴로워 보이는 얼굴이…… 이상하게 신경 쓰여서……."

글렌은 머뭇거리며 조금씩 말을 꺼냈다.

"이 오두막이 문도 잠그지 않고 열려 있길래…… 안을 들여다봤더니 누나가 테이블에 엎드려서 자고 있었고…… 왠지 울면서…… 괴로워하는 걸 보고…… 그래서……."

세리카는 얼굴에 피가 몰리는 것을 자각했다.

자신이 꼭꼭 숨기고 있던 『약한』 부분을 이런 어린애에게 보이고 말았다.

그 누구보다 『강한』 것을 자부하는 세리카에게는 더할 나위 없는 굴욕이었다.

"함부로 들어오지 마! 난 내버려 둬! 한 번 죽어봐야 알겠어?!"

세리카는 위협하듯 글렌에게 손을 내밀었다.

심장에 더 가까운 손— 마술을 쓰는 왼손을…….

세리카가 그럴 마음만 먹는다면 글렌의 목숨은 끝이었다. 리치를 퇴치하다가 예상치 못하게 말려들었다고 보고하면 아무런 처벌도 받지 않을 것이다. 글렌의 생살여탈권은 완전히 그녀에게 있었다.

그러나—.

"……그럴 수는 없어……. 그야 난…… 누나가 이 마을에 머무는 동안 시중을 드는 역할인걸……."

"뭐?! 누가 그런 걸 부탁했어! 쓸데없는 짓 하지 마!"

"그리고 누나가 다친 걸 보고…… 왠지 걱정이 돼서……."

"……!"

시선을 돌리자 세리카의 왼쪽 손목에는 지혈용 약초와 붕대가 서툰 솜씨로 감겨 있었다.

그렇다. 또 한 가지 생각났다.

어젯밤에는 충동적으로 꽤 심하게 자해를 했다.

그것도 몇 번이나. 통증과 팔을 타고 흐르는 피의 온기가 일시적으로나마 가슴속을 헤집는 온갖 어두운 감정을 잊게 해주기 때문이었다.

이건 이미 버릇이나 다름없었다. 도저히 막을 수가 없는 종류의…….

하지만 마술사라면 치유 주문 한 마디로 상처 하나 남기지 않고 치료할 수 있는 상처에 불과했다.

그런데도 글렌은 어지간히 세리카가 걱정됐는지 얼마나 애써서 치료해준 건지…… 알 수 있었다.

울면서 괴로워하는 모습을 봤다고 하룻밤 내내 남의 손을 잡아주는 것도 보통은 생각할 수 없는 일이다. 적어도 자신은 절대로 타인을 위해 그렇게 해줄 생각이 없었다.

"……왜 이렇게까지 해주는 건데……. 난 너에게 그런 심한 짓을 한 못된 여자잖아……?"

"그게…… 왠지 내버려 둘 수가 없어서. 어째선지 누나가…… 저기…… 남 같다는 생각이 안 들더라구……."

세리카의 질문에 글렌은 쩔쩔매며 대답했다.

"분명…… 누나는 뭔가 괴로운 일이 있었던 거지……? 왠지 알겠더라구. ……그래서 슬프고 외로워서…… 견딜 수 없었으니까……."

"큭?!"

세리카는 부주의한 글렌의 발언을 듣고 다시 머리에 피가 쏠리는 것을 느꼈다.

"웃기지 마! 네가 뭘 안다고!"

정곡을 찔리는 바람에 화가 났다는 것도 자각하지 못하고 소년에게 다가가 멱살을 잡으며 감정이 시키는 대로 소리를 질렀다.

"내가 지금까지 대체 몇 년을 살아온 줄 알아?! 4백 년이라고! 4백 년! 상상이 가? 이 더럽게 긴 시간을 혼자 보낸 내 심정을!"

"누, 누나……?"

"하! ……그럼 빨리 죽어버리라고? 아, 그래! 몇 번이나 자살을 고려해봤어! 하지만…… 죽을 수가 없었다고! 마음속에서 목소리가 들려!『아직 죽을 수 없다고, 너에게는 해야만 하는 일이 있다고, 그건 무척 중요한 일이라고』…… 더 웃기는 건 그게 대체 뭔지 전혀 기억이 나질 않아! 난 4백 년보다 더 전의 기억이 없어! 내가 누구고, 뭘 했었는지, 뭘 해야만 하는 건지…… 아직도 전혀 기억을 못 해! 그런데도 이 가슴속에는 갈 곳 없는 정체 모를 사명감만 남아 있어……. 그래서 난 죽고 싶어도 죽을 수가 없다고!"

세리카가 단숨에 말을 쏟아낸 후 무거운 정적이 주위를 지배했다.

이윽고 자신이 무슨 말을 한 건지 자각한 세리카는 퍼뜩 놀라더니 자조하는 것처럼 메마른 웃음을 흘렸다.

"……하하, 하……. 대체 이런 꼬맹이에게 무슨 소릴 하는 건지……. 난, 바본가……."

글렌의 멱살을 쥔 손에서 힘을 풀고, 그대로 의자에 늘어지듯 앉은 세리카는 왼손으로 얼굴을 가리며 힘없이 천장을 올려다보았다.

"……이젠 알겠지……? 난 이렇게 머리가 맛이 간 정신병자야……. 더는 나한테 신경 쓰지 마……. 부탁이니까……."

"누나……."

이 순간, 세리카는 이 글렌이라는 소년이 틀림없이 자신의 앞에서 사라질 것이라 확신했다. 만약 자신이 글렌이었다면 틀림없이 그랬을 테니까. 아무리 어른들의 부탁을 받았다고는 해도 이런 정신이 이상한 신경질적인 여자와 함께 있을 생각은…… 추호도 없었으리라.

"왠지…… 알 것 같아."

하지만 글렌은 떠나지 않았다.

"누나의 사명은 모르겠지만…… 누나의 외로움과 괴로움은…… 왠지…… 알 것 같아……. 그야 외톨이는 쓸쓸할 테니까."

세리카를 똑바로 바라보면서 그런 말을 꺼냈다.

"……적당히 해. 건방지게 아는 것처럼 지껄이지 마……."

세리카는 이제 진심으로 지쳤다는 듯 글렌을 쳐다보지도 않고 말했다.

"네가 이해할 리 있겠어……? 한 번 혼자 4백 년을 살아보고 나서 말해보시지……."

"이해해."

글렌의 말은 한없이 솔직하고 올곧았다.

"그야…… 나도 혼자인걸……."

"……"

"내가 좀 더 어렸을 때 유행병에 걸린 아빠랑 엄마가 죽은 걸 보고…… 병이 옮을지도 모른다면서…… 다들 날 피했고…… 그 후로도 난 줄곧 혼자였으니까……."

"……"

"이런 나도 갑자기 울고 싶을 정도로 괴롭고 외로울 때가 있는걸⋯⋯. 분명 누나는 나보다 몇십 배, 몇백 배는 더 괴로웠을 거야⋯⋯."

두 사람 사이에 침묵이 흘렀다.

조금 전 같은 팽팽한 긴장감은 없었지만⋯⋯ 뭐라 형언할 수 없는 슬픔이 감도는 침묵이었다.

잠시 후—.

"⋯⋯또, 올게. 누나."

"⋯⋯시끄러. 이젠 오지 마."

글렌은 세리카의 거절을 등으로 받으며 오두막 현관으로 걸어갔다.

"누나도 기운 내⋯⋯. 난 그러기 위해서라면 뭐든지 할 테니까⋯⋯."

그리고 반쯤 열린 문에서 얼굴을 살짝 내민 뒤 세리카를 쳐다보았다.

"⋯⋯."

세리카는 아무 대답 없이 고개를 돌리고 초점 없는 눈으로 시선을 피했다.

왠지 미련이 남는 문을 닫는 소리.

소년의 기척이 주위에서 완전히 사라진 후에도⋯⋯ 세리카는 입을 열지 않았다.

그 후로도 세리카는 매일 묵묵히 싸웠다.

밤낮을 가리지 않고 매일같이 리치 미니언— 리치의 하인이 된 마을 사람들이 살아있는 인간의 정기를 빼앗으려고 마을을 습격했기 때문이었다.

미니언으로 변질되면서 향상된 신체 능력은 이미 인간의 규격을 뛰어넘었다. 평범한 인간이라면 저항하지도 못하고 몸이 갈가리 찢겨 나갈 것이다.

하지만 그런 미니언들도 — 제국 궁정 마도사단 최강의 마도사 — 세리카 아르포네아의 적수는 될 수 없었다. 오히려 상대에게 연민이 들 정도로 일방적인 섬멸전이 펼쳐졌다.

게다가 현재 습격해오는 미니언들은 원래는 일반인에 불과했다. 첫날에 세리카가 단숨에 처리해버린 전 마도사들이 훨씬 더 강하다는 생각이 들 정도였다.

'그리고 뭔가 마음에 걸려……. 뭐, 아무렴 어때…….'

미니언들에게서 왠지 모를 위화감이 느껴졌지만…… 그 정체를 파악하는 것도 귀찮아진 세리카는 신경을 끊고 담담히 전투를 계속했다. 리치 미니언을 계속해서 처리했다.

과거에는 같은 마을 사람이었던 미니언들을 아무런 망설임도, 양심의 가책도 없이 죽이는 세리카를 마을 사람들은 더더욱 두려워하며 멀리했고 뒤에서 몰래 험담까지 했다. 그녀가 그런 자들을 불만스럽게 여기며 짜증을 느끼는 것도…… 처음 왔을 때와 다를 바 없었다.

그러나—.

세상이 진홍빛으로 물드는 저녁.

"흥……."

세리카는 여느 때처럼 주문으로 리치 미니언들을 단숨에 잿더미로 만들었다.

바람에 흩날리는 잿더미로부터 등을 돌리고 걸어갔다.

세리카에게 감사의 말을 꺼내는 사람은 아무도 없었다.

인적이 전혀 없는 쓸쓸한 마을 길을 걸어서 거점인 오두막으로 향했다.

노크도 하지 않은 채 문을 열고 안으로 들어갔다.

"세리카! 어서 와!"

그러자 글렌이 웃는 얼굴로 세리카를 맞이해주었다.

"……이 바보. 적이 습격했을 때는 지하에 숨으라고 했잖아. 일단 이 오두막 주위에 결계를 펼쳐놓았지만 방심하지 말라고 몇 번이나……."

기쁜 얼굴의 글렌과는 대조적인 차갑고 쌀쌀맞은 태도로 말을 내뱉었다.

"괜찮아! 이 마을을 지켜주는 건 정의의 마법사 세리카인걸!"

"……하아."

세리카가 있으면 괜찮다.

아무 의심도 없이 그렇게 믿는 글렌을 보고 세리카는 한숨을 내쉴 수밖에 없었다.

"몇 번이나 말했다만, 난 마법사가 아니라 마술사야. 그리고 마술은 만능이 아니라고."

"음~ 차이를 전혀 모르겠는데……."

"엄청나게 간단히 말하면 우산을 펼쳐서 하늘을 날거나, 주머니를 두드려서 비스킷을 꺼내는 『신기한 힘』이 마법. 마술식과 주문으로 세계 법칙에 개입에서 비스킷을 이론적으로 창조하거나, 바람과 중력을 조종해서 하늘을 나는 『기술』이 『마술』이야. 이론이 존재하지 않는 전자는 옛날이야기 속에만 있고, 이론이 존재하는 후자는 방법만 배우면 누구나 쓸 수 있어."

"아하하, 어려운 이야기는 나중에 하고 얼른 밥이나 먹자! 세리카, 내가 오늘은 버섯 스튜를 만들어봤어. 꽤 자신 있다구!"

즐겁게 웃은 글렌은 화덕에 불을 붙여서 단지에 담아온 스튜를 데우기 시작했다.

이윽고 테이블 앞에 마주 앉은 두 사람이 식사를 시작했다.

"저기, 세리카. ……맛있어?"

"그저 그렇군."

세리카는 쌀쌀맞게 대답하면서도 숟가락을 멈추지 않고 묵묵히 계속 스튜를 먹었다. 글렌은 그런 그녀를 싱글벙글 웃으며 지켜보고 있었다.

"……흥."

세리카는 토라진 듯 시선을 피하면서 글렌을 무시하기로 결심했다.

덜그럭거리며 작게 식기가 맞부딪치는 소리만 방 안에 울려 퍼졌다.

서로 말은 없었지만…… 결코 무겁지는 않은 종류의 차분한 침묵이었다.

'……이런 식으로 다른 사람과 따뜻한 식사를 하는 게 대체 몇십 년만이지……?'

스튜를 입에 넣으며 세리카는 문득 그런 생각을 했다.

—또 올게.

글렌은 정말로 그날 이후부터 매일 빠짐없이 세리카를 찾아왔다.

믿을 수가 없었다. 특히 그 최악의 만남이 있었던 다음날 글렌이 자신의 앞에 다시 나타났을 때는 놀라서 벌어진 입을 다물 수 없었다.

그리고 아무리 겁을 줘도, 퉁명스럽게 대해도, 때로는 폭력을 써도…… 글렌은 다음날이면 아무 일도 없었던 것처럼 어김없이 세리카를 찾아왔다.

그리고 정성스럽게 세리카의 편의를 봐주었다.

이렇게 되자 결국 세리카도 두 손 들고 항복할 수밖에 없었다.

'……신기하군. 이 짜증 나는 참견꾼 꼬맹이가 여기 드나들 게 된 후부터…… 난 매일 밤처럼 마셨던 술도, 자해도, 물건에 화풀이를 할 의욕도…… 사라졌어…….'

도저히 고칠 수 없을 정도로 거칠고, 메마르고, 금이 갔었던 마음이 마치 치유의 연고를 바른 것처럼 매끄럽게 활기를 얻고 있었다. 정체 모를 사명감과 자신의 불로 체질에 대한 짜증은 여전했지만…… 뭘 부수면서까지 잊으려는 생각은 들지 않았고 안정감을 찾았다.

'나는, 이런 나날을…… 편안하다고 느끼는 건가……?'

세리카는 조용히 자문했다.

답은 간단히 나왔다.

'하아…… 편안하다고 느끼는 게 맞겠지. 아무리 나라도 이젠 부정 못 해. ……하긴…… 이 온화한 감각은 그 녀석이…… 엘리가 살아있던 시절의…….'

갑자기 눈시울이 뜨거워졌다.

"……세리카. 왜 그래?"

세리카의 미묘한 감정변화를 민감하게 눈치챈 글렌이 걱정스러운 목소리로 물었다.

"아…… 아무것도 아니야……. 이쪽 쳐다보지 마……."

세리카는 황급히 눈가를 감췄다.

"그보다…… 너, 뺨에 묻었잖아."

속마음을 얼버무리려는 것처럼 화난 말투로 말하며 냅킨

을 들었다.

"정말이지. 야. 너. ……가만히 있어 봐."

"……응."

손을 뻗어서 맞은편에 앉은 글렌의 입가를 닦아 주었다.

"됐어. 흥, 똑 부러진 것 같으면서도 이런 부분은 아직 어린애군."

"……아."

갑자기 글렌이 놀란 듯 큰소리를 냈다.

"세리카…… 방금 웃었지?"

"……윽?!"

"세리카는 평소에는 무서울 정도로 굉장한 미인인데…… 웃으면 엄청 귀엽다!"

"……이 발랑 까진 꼬맹이가. 그런 말을 하는 건 십 년은 일러."

노려보면서 위협했지만 아마 설득력과 압박감은 전혀 없었을 것이다.

왜냐하면 지금 자신의 얼굴은 사과처럼 새빨갛게 변했을 테니까.

"아, 맞아. 그리고 보니…… 요즘 일은 어때? 세리카."

수치심과 동요를 완고하게 억누르는 세리카와 달리 글렌은 한없이 천진난만했다.

"으흠! 아~ 슬슬 정리될 것 같더군."

세리카는 마음을 차분히 가라앉히면서 말했다.

"지금까지 미니언을 격파한 숫자, 행방불명된 희생자들의 숫자, 미니언의 출몰 빈도…… 이걸 종합적으로 판단하면 적도 슬슬 병력이 떨어졌을 거야. 가까운 시일 내에 직접 이 마을로 쳐들어오겠지. 그 녀석을 확실히 처리하면 끝나."

"그런가……. 이제 곧 이별이구나……."

"……."

왠지 모르게 생각하지 않으려 했지만…… 즉, 그렇게 될 것이다.

이 글렌이라는 소년과의 기묘한 생활도…… 이제 곧 끝이 난다.

예전의 고독한 생활로 돌아가리라.

"세리카가 떠나면…… 또 쓸쓸해지겠네……."

슬픈 분위기가 주위로 퍼져나갔다.

소년의 혼잣말은 마치 세리카의 속마음을 대변하는 것 같았다.

이 생활에 미련을 느끼는 자신이, 더 계속하고 싶다고 바라는 자신이 어딘가에 존재했다.

……그래서 세리카는 무의식적으로 이런 말을 꺼냈다.

"저기, 너…… 이 싸움이 끝나면…… 그게…… 나랑 같이 살지 않을래?"

"……응?"

글렌은 어리둥절한 얼굴이었다.

세리카도 자기가 한 말이면서 퍼뜩 놀랐다.

"……아니, 아무것도 아니야. 잊어줘."

'내가 대체 무슨 소릴 한 거지? 이런 작은 어린애를 상대로.'

세리카는 머리를 부둥켜안고 테이블에 엎드려서 성대하게 한숨을 내뱉었다.

조금 친절하게 대해줬다고 뭐? ……바보 같은 것도 정도가 있지.

'애초에 이 녀석은 내 뭐지? 친구? ……아니야. 친구라는 거리감으로 정리하는 걸 싫어하는 내가 있어. ……설마, 연인? 내가 이 녀석에게 반했다고? 반려로 삼고 싶은 거야? 그래서 함께 있고 싶다고? ……말도 안 돼. 난 그 정도로 변태가 아니야. 이런 꼬맹이를 상대로……'

"……괜찮겠어? 내가 세리카랑 함께 살아도."

세리카가 혼자 끙끙대고 있자 글렌이 눈을 깜빡인 뒤 되물었다.

"아…… 아니, 미안……. 이건 말실수라고 해야 할지, 잠깐 정신이 나갔다고 해야 할지……."

눈알을 이리저리 굴리며 중얼거리는 세리카의 목소리는 글렌에게까지 닿지 않았다.

"고마워. 기뻐……. 나도 늘 세리카랑 함께 있고 싶었는데……."

글렌은 진심으로 행복한 듯 웃었다.

"왜냐하면 난…… 줄곧 외톨이여서…… 늘『가족』이라는 걸 동경하곤 했거든. ……그러니까…… 세리카랑『가족』이 된다면…… 정말 기쁠 거야……."

"아……."

세리카는 그 눈부신 미소에 넋을 잃었다.

'그렇군. 가족이라…….'

의문의 공란에 딱 맞게 채워진 답.

몇백 년이라는 세월의 영향으로 생겨버린 마음의 빈틈을 채워주는 그 무엇과도 바꿀 수 없는 존재.

"그렇군. 너와 내가 가족인가……. 나쁘지 않을지도……."

세리카는 무의식적으로 입가에 웃음을 지었다. 가슴속으로 따스한 뭔가가 퍼지는 것을 느꼈다.

"있지, 세리카. 나랑 세리카가 가족이 되면…… 나한테 마술을 가르쳐줘!"

"흥, 동경심만으로 할 수 있는 만만한 길이 아닐 텐데?"

"괜찮아! 나, 노력할 테니까! 세리카 같은 마법사가 되고 싶거든!"

"그러니까 난 마법사가 아니라 마술사라고…… 뭐, 아무렴 어때."

세리카는 이제 정정하는 걸 포기했는지 온화하게 웃었다.

……언젠가 이날의 선택을 후회할 날이 올 것이다. 그것은 확정된 미래였다.

　어쨌든 이 소년과 자신은 살고 있는 시간 축이 달랐다. 늦건 이르건 간에 이 소년은 자신의 앞에서…… 이윽고 사라지게 되리라.

　하지만 먼 미래에 일어날 일을 두려워하며 현재로부터 눈을 돌리는 건…… 뭔가 잘못됐다는 생각이 들었다.

　지금까지의 자신이 실제로 증명했다. 과거에 언젠가 올 이별의 괴로움을 두려워하고 고독한 삶을 선택한 지금까지의 자신의 모습은 어땠던가. 그 길에 구원이 있었나? 행복했었나?

　'지금을 소중히 하는…… 그런 삶의 방식도 나쁘지 않겠지.'

　언젠가 이별이 찾아오더라도 함께 살았다는 사실과 추억은 사라지지 않는다.

　이 지옥이 언제까지 이어질지 모르겠지만…… 다정하고 따스한 추억이 있다면 분명 자신은 마지막 그날까지 영원을 살아갈 수 있으리라.

　'……누군가와 함께 지금을 살아가 보자……. 울고 웃으면서 갈 수 있는 데까지…….'

　그날, 몇백 년을 고독하게 살아온 마녀는 비로소 그때까지 완고하게 지켜온 두려움을 버리고 새로운 경지로 발을 들여놓을 수 있었다.

　…….

……그런 까닭에 언젠가 올 거라고 예상했던 자신의 선택을 후회하는 순간이, 설마 바로 내일 찾아올 줄은 전혀 예상치 못했다.

"대체 어떻게 된 거냐!"

광장에 마을 사람들을 강제로 불러 모은 세리카는 촌장의 멱살을 붙잡고 격노했다.

"글렌이…… 그 녀석이 미니언에게 끌려갔다고?! 말도 안 돼!"

그날—.

평소처럼 마을을 습격한 미니언들과 대치한 세리카는, 평소처럼 마을에서 떨어진 곳에 그들을 유도해서, 평소처럼 단숨에 해치웠다.

그리고 글렌이 식사를 만들면서 기다리고 있을 오두막으로 의기양양하게 개선했다.

하지만 오두막은 웬일로 텅 비어 있었고 마을 어디에도 글렌의 모습이 보이지 않았다.

불길한 예감이 든 세리카가 마을 전체를 필사적으로 돌아다닌 끝에 알아낸 것은…… 글렌이 리치 미니언에게 끌려갔다는 사실뿐이었다.

"그럴 리 없어! 그 오두막에 펼친 내 결계는 완벽했다고! 초대받지 않은 손님이 그 오두막에 들어가는 건 불가능해!"

"……그, 그렇게 말씀하셔서…… 저도 미니언이라는 놈들이 그 소년을 끌고 가는 광경을 본 것뿐이라……."

촌장은 비지땀을 흘리며 송구스러워했다.

"웃기지 마. 그럴 리가…… 설마 그 녀석이 스스로 오두막 밖으로 나왔던 건가? 대체 왜……?"

세리카는 주먹의 뼈가 부러질 정도로 강하게 쥐며 이를 갈았다. 온몸에서 땀이 흐르고 동요가 가라앉지 않았다. 무지막지한 초조함이 그녀의 온몸을 인정사정없이 애태웠다.

"……저, 저기…… 세리카, 님……?"

주위에 있던 마을 사람 중 한 명이 조심스럽게 둘둘 말린 서신을 세리카에게 내밀었다.

"글렌 군을 끌고 간 미니언이…… 이런 걸 떨어트렸습니다만……."

"뭐라고?! 이리 내!"

서신을 빼앗고 그대로 찢을 듯한 기세로 펼쳐서 내용을 확인했다.

거기에 적혀 있던 것은…….

—『잿더미의 마녀』세리카 아르포네아에게.
—결판을 내지 않겠습니까?
—서신에 적은 소정의 장소로 나오시길.
—당신의 작은 연인과 함께 당신을 기다리고 있겠습니다.

—추신.

—당신의 작은 연인은 아직 무사합니다. 그는 당신을 위한 귀중한 『교섭 재료』……. 살려두는 것에 의미가 있으니까요.

—하지만 당신이 오지 않을 경우에는…… 아시겠지요?

……그리고 지정하는 장소의 지도가 첨부되어 있었다.

"……후후, 하하하…….."

편지를 끝까지 읽은 세리카가 낮고 메마른 조소를 흘렸다.

단숨에 눈이 냉혹하게 가라앉으며 위험한 빛을 머금었다.

"그래. 그렇군……. 그렇게 죽고 싶은 건가……. 일부러 고생해서 불로불사가 됐는데…… 정말로 머리가 유감스러운 녀석이로군!"

"세, 세리카 님……?"

세리카는 벌벌 떠는 마을 사람들에게 등을 돌리고 로브를 펄럭이며 발걸음을 옮겼다.

"좋다……. 원하는 대로 완전히 죽여주마. 반송장……."

그녀의 분노를 품은 귀기 어린 뒷모습은 그야말로 마왕이 따로 없었다.

마을에서 북쪽. 그 저택은 숲속 깊은 곳의 산간에 몰래 숨겨져 있었다.

마치 귀족 저택 같은 그 호화로운 저택 주위에 전개된 몇 겹이나 되는 환혹의 결계 때문에, 이 근처에 저택이 있다는 명확한 확신이 없다면 절대로 찾아올 수 없는 구조였다.

"……."

절벽 위에 선 세리카는 모습을 드러낸 저택을 아무런 감정이 느껴지지 않는 눈으로 내려다보았다.

저 저택이야말로 마을을 위협하는 리치의 저택이라는 것은 의심할 여지가 없었다. 리치와 납치당한 글렌은 틀림없이 저 안에 있을 것이다.

마술사가 자신의 진지로 상대로 불렀다는 것은…… 백 퍼센트 함정이라는 뜻이었다.

마술 함정과 결계, 그리고 소환술…… 마술은 거점 방어에서야말로 비할 데 없는 강함을 발휘할 수 있다. 아무리 상대가 자신보다 격이 떨어지더라도 마술사의 진지에 함부로 발을 들여놓는 것은 결코 현명한 방법이 아니었다. 하물며 이번 상대는 리치— 제법 고위에 해당하는 마술사였다.

평소의 세리카는 이럴 때 어떤 수단을 동원했을까.

물론 일부러 상대의 진지에 들어갈 리 없었다. 의식 마술 — 전술급의 A급 군용 마술을 준비해서 저 저택을 외부로부터 주인과 함께 날려 버렸을 것이다. 그러면 간단히 해결된다.

하지만 지금 저택 안에는 글렌이 사로잡혀 있었다.

“…….”

세리카는 대륙 최고의 셉텐데에 도달한 마술사였다. 어지간한 함정은 정면으로 돌파할 자신이 있었고, 실제로 그만한 실력이 있을뿐더러 비장의 수도 몇 개나 지니고 있었다.

하지만 아무리 실력에 하늘과 땅 만큼의 차이가 있더라도…… 전부 끝나기 전까지는 결과를 알 수 없는 것이 마술사 간의 전투였다. 마술사의 자이언트 킬링 같은 건 역사를 조금만 돌이켜 봐도 수두룩하게 예시를 찾을 수 있다. 괜히 쓸데없는 리스크를 짊어지지 않는 것이야말로 전투에 임하는 마술사들의 불문율이었다.

……그렇지만.

‘칫……. 족쇄를 찬 상태로 전투라…….’

세리카는 지면을 박차고 주문을 영창하면서 절벽 아래로 뛰어내렸다.

‘그래도 뭐…… 가끔은 나쁘지 않겠군!’

중력을 조작하여 가볍게 바닥에 착지.

그대로 저택의 정면에 있는 현관문을 향해 단숨에 돌진했다.

그것은 그야말로 마왕의 행진이었다.

저택에 침입한 세리카를 기다리고 있었던 것은 수많은 매직 트랩과, 결계와, 소환된 마수와 정령, 가디언 골렘, 마도 인형, 그리고 리치 미니언들이었다.

그들은 인정사정없이 세리카를 공격했다.

　그녀의 마력을 감소시키는 결계가 있었다. 빙박(氷縛)의 결계였다. 강대한 힘을 지닌 마수가 이를 드러냈다. 방에 들어온 순간, 폭발하는 소비 부여형 매직 트랩^씰이 있었다. 미니언들이 대열을 짜고 돌격해왔다. 거대한 마력에 반응해서 죽음의 저주를 흩뿌리는 매직 트랩도 있었다. 구덩이, 추락하는 천장, 벽의 구멍에서 튀어나오는 창…… 마술에 의존하지 않은 물리적인 함정도 무수히 많았다. 생명력을 흡수하는 문고리, 밟으면 목숨을 빼앗기는 죽음의 선, 이차원으로 강제 전송하는 문, 움직이는 석상, 독가스, 석화 저주, 무한 회랑, 불꽃 벽…… 동서고금을 막론한 온갖 매직 트랩이 세리카의 앞길을 가로막았다.

　마술사를 상대로 싸우기 위한 전투 훈련을 충실하게 받은 제국군의 정예부대조차, 이 저택에 발을 들여놓는다면 거의 전멸에 가까운 피해를 입고 즉시 철수할 수밖에 없을 정도로 악랄했다.

　하지만 세리카는 그런 함정들을 차례차례 돌파했다. 마수를 날려버리고, 미니언을 정화하고, 매직 트랩을 해주(解呪)^{디스펠}하고, 때로는 자신의 강대한 마력으로 장애물들을 박살 냈다.

　'……훗. 왠지 몸이 가볍군. 뭐든지 할 수 있을 것 같은데……'

　제아무리 세리카라도 평소의 컨디션이었다면 꽤 힘에 부

쳤을 터였다.

하지만 현재 그녀가 쓰는 마술의 정밀도는 평소보다 몇 단계나 더 날카로웠다. 집중력이 극한까지 고조되었고 육체에서는 무궁무진한 마력이 샘솟았다.

아무리 치명적이고 악랄한 함정이라도 그런 세리카의 행보를 막지는 못했다.

'진부하긴 해도 인간은 지켜야 할 자가 있으면 강해진다는 건가……'

자기도 모르게 어울리지 않는 생각을 하고 쓴웃음을 지었다.

'기다려라, 글렌. ……내가 반드시 널 구해줄 테니까!'

세리카는 전에 없이 고양된 기분으로 저택의 복도를 자신만만하게 나아갔다.

지금 머리 위에서 그녀를 태우려고 불이 비처럼 쏟아졌지만…… 딱히 신경 쓸 것도 없었다. 세리카의 영혼은 그보다 훨씬 더 뜨겁게 타오르고 있었으니까.

―그래서 이때의 세리카는 눈치채지 못했다.

뭔가가 이상하다고. 도대체 어떻게 이토록 많은 함정을 마련할 수 있었느냐고……

평소의 냉혹하고 얼음처럼 냉정한 세리카였다면 반드시 눈치챘을 터…….

제국군의 일개 부대조차 손을 댈 수 없을 정도로 지나치게 많은 함정. 마치 세리카라는 강대한 마술사가 여기로 쳐들어올 것을 처음부터 전제로 삼은 듯한 부자연스럽기 짝이 없는 배치 방식.

글렌을 구출하기 위해 사기가 충만했던 세리카는…… 결국 마지막까지 그 위화감을 눈치채지 못했다.

"……기가 막히는군요. 설마 상처 하나 없이 여기까지 올 줄이야……."

저택의 최심부. 최후의 홀.

세리카를 맞이한 것은 온몸을 검은 로브로 가린 으스스한 분위기의 청년이었다.

"……네가 이번 사건의 흑막인 리치인가?"

"말씀대로입니다."

세리카는 주머니에 손을 넣고 몸을 옆으로 기울인 자세로 청년과 열 걸음 정도 거리를 벌린 채 대치했다.

그녀의 날카로운 시선이 향하는 곳 ― 청년의 뒤에 있는 공간 ― 에는 허공에 펼친 법진(法陣)에 팔다리가 묶인 채 공중에 매달린 글렌의 모습이 있었다.

"……세, 세리카……!"

"리치 미니언이 되진 않은 것 같군……. 무사했나."

십중팔구 무사할 거라 예상하긴 했었다. 왜냐하면―.

"당연하죠. 이 소년을 죽이거나, 미니언으로 만들었다면…… 당신은 즉시 절 소멸시켰을 테니까요. 그건 제가 바라는 결과가 아닙니다."

청년은 어디선가에서 꺼낸 큰 낫을 글렌의 목덜미에 가져다 댔다.

"그러니 이런『교섭』을 할 여지가 있는 거겠지요."

"그건…… 또 희귀한 물건을 꺼냈군."

"하하, 눈치채셨나 보군요. 이건 살짝 칼날에 상처를 입기만 해도 상대를 죽음에 이르게 하는 마술 의장『사신(死神)의 낫』입니다. 당신의 마술 솜씨가 아무리 초월적이라 해도 이 낫이 소년에게 상처를 입히기 전에 절 막는 것은 불가능…… 그렇지 않습니까?"

그 말대로다. 마술이 인간의 심층의식 변혁으로 이루어지는 법칙 개변인 이상, 이론적인 발동 최고 속도에는 한계가 있었다. 가령 청년이 살짝 팔을 움직이는 것보다 먼저 마술을 발동해서 죽인다 해도…… 청년의 손에서 벗어난 낫이 글렌을 상처 입힐 가능성은 지극히 컸다.

그러므로 세리카는 움직일 수 없었다. 조용히 청년을 노려보기만 할 뿐이었다.

"그런고로 당신, 이 소년을 구하고 싶거든 자해하세요."

"……뭐, 당연히 그렇게 나오시겠지."

세리카는 기가 막힌다는 듯 탄식했다.

"격이 떨어지는 쓰레기가 할 법한 말이니까."

"하하, 너무 그렇게 매도하실 건 없지 않습니까. 솔직히 이렇게 당신과 대치하기만 하는데도 압도적인 위압감이 느껴질 정도인걸요. 전 당신이 두려워서 어쩔 수 없는 겁니다."

청년은 쿡쿡 하고 함축적인 웃음을 흘렸다.

"아, 안 돼! 세리카! 이런 녀석이 시키는 대로 하면!"

눈물을 글썽이며 글렌이 외쳤다.

"싸워! 난 신경 쓰지 말고 싸…… 히익?!"

하지만 낫이 한층 더 자신의 목덜미와 가까워지자 무심코 숨을 삼켰다.

"자, 어서 자해를."

청년은 비웃으면서 세리카의 발밑에 나이프를 던졌다.

어떤 룬을 도신에 세밀하게 새긴 저주의 나이프였다.

"……알았다. 어쩔 수 없군……."

세리카는 잠시 차가운 눈으로 그 나이프를 내려다보다가 포기한 것처럼 그렇게 중얼거렸다.

"……세, 세리카…… 안 돼. ……세리카가 죽어도 이 녀석이 날 살려둘 리가 없는데……!"

그리고 눈물을 흘리며 애원하는 눈으로 쳐다보는 글렌에게 자신 있게 웃어 보였다.

"괜찮아. 안심해, 글렌. 아무튼……."

세리카는 바닥에 떨어진 나이프를 주우려고 손을 뻗으며

허리를 굽혔다.

"……넌 내가 지켜줄 테니까."

"뭐?"

그리고 주머니에 들어있는 왼손으로 **그것**의 스위치를 눌렀다.

————.

"……어?"

다음 순간, 청년은 아연실색했다.

자신이 손에 든 사신의 낫이 어느새 부러진 데다…… 세리카의 옆에는 어느 틈엔가 해방된 글렌이 눈을 깜빡이며 주저앉아 있었기 때문이다.

"이, 이, 이……이게 대체 무슨……?!"

"시간이여 멈추어라. 너는 아름답다……라는 거지."

세리카는 **그것**을 왼손으로 만지작거리고 쿡쿡 웃었다.

그것의 정체는— 낡은 회중시계였다.

"이건 내 특제 마도기. 시간의 천사의 이름을 따서 『라 틸리카의 시계』라고 부르지. 기능은 그야말로 단순 명쾌해. 발동과 동시에 시간을 멈추는 거다. 나는 이 세계에서 흐르는 시간의 굴레에서 벗어나 정지된 시간 속을 자유롭게 움직일 수 있어. ……굉장하지?"

이것이 바로 세리카의 비장의 수단. 이 시계를 작동하려면 시정석이라고 불리는 극히 수량이 적고 귀중한 소비 부품이 필요하다 보니 남용할 수는 없지만…… 한 번 발동하기만 하면 온갖 전황을 뒤집을 수 있는 절대적인 위력을 자랑했다.

"시, 시간 정지 마술이라고……?! 말도 안 돼! 시간에 관여하는 마술은 항상 결함품이야! 만약에라도 시간을 정지한다면 반드시 마도 제2법칙이 적용될 테니 정지된 시간만큼 시전자의 시간을 멈추는 것으로 양쪽에 발생한 시간차라는 모순을 세계가 교정했을 터……! 그런데 어째서! 어떻게 넌 움직일 수 있는 거지?!"

"그래서 이게 내 고유 마술인 거다. 흠…… 굳이 이름을 붙이자면 오리지널【나의 세계】라고나 할까?"

그리고 세리카는 청년을 향해 손을 내밀었다.

"자, 그럼…… 벌 받을 시간이다. 도련님. 나의 글렌에게 손을 댄 죄는 무겁다고?"

"히익?!"

두려움에 몸을 떨던 청년이 황급히 세리카를 향해 손을 내밀고 뭔가 주문을 외우려 했지만―.

"《죽어라》."

그보다 압도적으로 빠르게 세리카의 주문이 완성되었다.

흑마【프로미넌스 필러】.

새빨갛게 빛나는 불꽃이 하늘을 찌르는 불기둥으로 변해서 청년을 단숨에 집어삼켰다.

"끄아아아아아아아아아아아아아아아악!"

그리고 청년은 먼지조차, 재조차 남기지 못하고 이 세상에서 완전히 소멸했다.

"……흥. 시답잖은 놈. 네 주제를 알아라."

멸시의 말을 내뱉은 세리카는 글렌에게 시선을 돌렸다.

"괜찮아? 무서웠지?"

"세리카…… 난……."

감격한 듯 눈시울을 붉힌 글렌이 세리카를 향해 비틀비틀 걸어왔다.

"글렌……."

세리카는 바닥에 한쪽 무릎을 꿇고 그런 글렌을 정면에서 안아주었다.

"괜찮아. 이젠 괜찮아. 앞으로도…… 내가 널 지켜줄 테니까……."

푸욱!

"……어?"

세리카의 입가에서 흘러내린 한줄기 붉은 실선. 갑자기 등에서 느껴지는 불에 타는 듯한 충격의 정체를, 그녀는 처음에는 전혀 이해하지 못했다.

"……."

넋을 잃은 세리카의 품 안에서 글렌이 말없이 떨어졌다.

"……아, ……으…… 크윽……."

자세가 무너지며 바닥에 양손을 짚었다.

어느새 글렌의 왼손이 역수로 쥐고 있는 물건은…… 조금 전에 리치가 바닥에 떨어트린 저주의 나이프였다. 그 칼날이 세리카의 피로 붉게 물들어 있었다.

아무래도 저 나이프에서 뭔가 좋지 않은 저주가 육체를 침범한 모양이었다.

몸이…… 마음대로 움직이지 않았다.

"쿨럭! ……어, 어째서? ……글렌……. 왜…… 이런, 짓을……?"

그제야 비로소 자신이 글렌에게 당했다는 것을 인정할 수밖에 없게 된 세리카는…… 울 것 같은 얼굴로 자신과 거리를 벌린 소년을 쳐다보았다.

그 순간—.

"우후훗…… 《세계》의 세리카 아르포네아쯤 되는 여자가…… 참으로 무지몽매하기도 하지. 우후후후후…… 아하하하하!"

홀의 벽에 늘어선 돌기둥 뒤에서 모습을 드러낸 것은 어떤 여자였다.

세리카와 똑같은 제국 궁정 마도사단의 예복을 입은 그 여자의 정체는—.

"앙리에타……?! 너…… 《탑》의 앙리에타냐……?!"

경악한 세리카의 동공이 크게 벌어졌다. 마침내 사건의 진상을 깨달은 것이다.

"그렇군. ……뭔가 잊은 게 있었는데…… 그러고 보니 너도 있었어. ……선발대로 마을에 파견된 마도사들. ……너를 제외한 전원이 미니언으로 변해서 내 앞에 나타났는데도…… 이제 와서 돌이켜보면 네 모습만 보이지 않았었지……."

일단 마음속에 걸리는 게 있었다. 하지만 세리카에게 앙리에타는 진심으로 아무래도 상관없는 존재이다 보니 지금까지 떠올리지 못했던 것이다.

"이 일련의 사건은…… 전부, 네가 꾸몄던 거냐! 네가 흑막인 리치…… 조금 전의 녀석은 네 미니언이었던 건가!"

"그래, 맞아. 세리카 아르포네아. ……난 리치로 다시 태어나서 영원한 생명과 젊음과 강대한 마력을 손에 넣었어. ……당신을 뛰어넘기 위해!"

광기에 찬 눈으로 세리카를 쳐다보는 리치— 앙리에타.

"『인형』을 써서 리치가 출현한 것처럼 자작극을 벌이거나…… 동료를 함정에 빠트리거나…… 이것저것 잔꾀를 부리느라 고생했지만…… 이걸로 마침내 오랜 울분을 풀 수 있겠네. 응? 세리카……."

"……울분이라고?"

"그래, 맞아. 당신이 오기 전까지는 나야말로 제국 궁정 마도사단 최고의 마도사였어. ……주위의 존경과 선망도 전부 내 것이었지. 하지만 당신은 간단히 그 자리를 빼앗아갔어. 평범한 천재 수준의 인간은 아무리 발버둥 쳐도 도달할 수 없는 압도적인 재능과 숙련도…… 용서할 수 없었어. 마술에 건 내 반생을 완전히 부정당한 기분이었어. 그뿐만 아니라……."

앙리에타는 몸을 웅크린 세리카에게 다가가 그녀의 갸름한 턱을 억지로 잡아들었다.

"당신은…… 이미 『영원자(永遠者)』에 도달해 있었어! 흡혈귀나 불사자 같은 가짜가 아니라! 인간인 채로 영원한 젊음을 유지하는 진정한 『영원자』……!"

"……?!"

"나는…… 시간의 흐름에 따라 점점 쇠약해질 수밖에 없는데. 온갖 마술로 젊음과 힘을 유지해도…… 언젠가 반드시 쇠약해지고, 추하게 늙겠지만…… 당신은 변하지 않아. 그 증오스러운 젊음과 아름다움을 영원히 유지하면서 당신은 어디까지고 오를 수 있겠지. 내가 절대로 도달할 수 없는 마술의 극한까지도!"

으득!

앙리에타가 이를 갈았다. 그녀의 어깨가 분노로 들썩였다.

"용서 못 해……. 용서할 수 있을 리 없어……! 어째서 내가…… 하늘의 선택을 받은 이 내가 당신 같은 비천한 구시대의 마녀 때문에 패배의 맛을 알아야 하는 거지?! 어째서 내가 패배라는 굴욕을 감수해야 하는 거냐고! 그런 게 용납될 리 없어!"

"……앙리……에다……! 너……."

"이제 됐어. 이제 됐다고. ……세리카…… 당신을 이길 수만 있다면, 당신을 뛰어넘을 수만 있다면 뭐든지 상관없어. 리치든 뭐든 돼주겠어! 거짓 『영원자』라도 상관없어. ……나는…… 당신을 죽여서…… 내가 더 뛰어난 마술사라는 사실을 역사에 증명하고야 말겠어!"

"……그런…… 시시한…… 이유로……!"

앙리에타는 칼에 찔린 등을 누르며 고통스럽게 신음을 흘리는 세리카에게 즐겁다는 듯 말했다.

"아, 그렇지. 좋은 걸 보여줄게. 세리카."

앙리에타가 손가락을 튕겼다.

그러자 기둥 뒤에서 『문』이 열리더니 그림자 속에서 잇따라 인간이 기어 나왔다.

"윽?!"

세리카는 눈이 찢어질세라 부릅떴다.

저 인간들은…… 낯이 익었다.

"그럴……수가! 어째서……?"

선두에는 촌장이 있었다. 그 옆에는 세리카에게 서신을 건넨 남자도 있었다.

앙리에타가 소환한 건 전부…… 그 마을의 주민들이었다.

살아 숨 쉬는 인간으로서의 생명력은 어디로 갔는지 생기가 없는 피부, 공허한 눈동자, 썩은 냄새.

이래서야 마치―.

"아하하, 놀랐어? 그 마을의 주민들은 사실 처음부터 전부 내 미니언이었거든."

"아……."

"내 별명은 기억해? 『잿더미의 마녀』씨? 나는 『인형사』…… 마치 살아있는 것처럼 인형을 만드는 것에 관해선 당신도 날 따라오지 못해. ……즉, 당신의 눈을 속이는 미니언을 만드는 것도 가능하다는 뜻이라고?"

"그럴, 수가……."

세리카의 머릿속에 최악의 예감이 스쳐 지나갔다.

흠칫거리며―.

그 예감이 빗나가길 바라면서―.

세리카는 천천히 고개를 돌려―.

……글렌을.

……바라보았다.

"……아."

예감은 적중했다. 적중하고 말았다.

변색한 피부. 공허하고 흐릿한 눈동자.

조금 전까지 인간으로서 살아있던 글렌은…… 이미 존재하지 않았다.

그곳에 있던 소년은―.

"아아아아아아아아아아아아아아아아아아아아악!"

세리카는 머리를 부여잡고 눈물을 흘리며 목이 찢어져라 절규했다.

"글렌! 아아…… 글렌! 그럴 수가…… 너, 너…… 으, 으아아아아아아아아아아아아아아아아악!"

"아~하하하하하하하하하하하하! 꼴좋구나! 세리카아아아아! 마음을 허락한 상대가 사실은 시체였다니, 응? 응? 지금 어떤 기분이야? 아하하! 아하하하하하하하하하하하!"

세리카의 오열과 앙리에타의 웃음소리가 한데 포개어졌다.

"……마을 사람 전원이 이미 내 하인이었지만…… 당신이라면 그 정도의 함정은 정면에서 힘으로 돌파했겠지? 그래선 안 돼……. 당신을 타도하려면 좀 더, 좀 더 치명적인 빈틈이 필요했어……. 당신도 어차피 인간…… 여자…… 약점은 있어. 틀림없이 있을 터……."

앙리에타는 이성을 잃은 세리카에게 기쁨에 잠긴 표정으로 말했다.

"과거 외우주에서 소환된 사신의 권속조차 살해하고 무슨 이유에선지 나이를 먹지 않는 『영원자』…… 누구나가 두려워하는 무적의 『잿더미의 마녀』 세리카 아르포네아······.
난 당신이라는 여자를 줄곧 지켜보면서 알게 됐어."

"으으······ 아아아, 아······."

앙리에타는 몸을 웅크린 세리카를 뒤에서 끌어안고 살며
시 귓속말을 건넸다.

"당신이 강하다고? 아니야. 당신은 터무니없이 약한 여자
야. 자신에게 다가오는 자를 상처 입힐 수밖에 없으면서 그
래도 누군가가 곁에 있어 주길 바라는, 자신의 외로움을 달
래주길 바라는, 고독한 자신의 마음을 위로해주길 바라
는······ 이 세상에 존재하는 그 어떤 여자보다도 물러터진
여자야."

쿡쿡거리며 웃었다.

"그런데도 주위에는 마치 폭력적인 것처럼 보이게 하면서
자신의 약함을 한사코 인정하지 않으려고······ 아니, 자신은
강하다고 착각하고 있어. ······주위도 그렇게 착각하게 하고
있어. 그 누구보다도 강할 것, 주위에 아무도 없어도 홀로
살아가는 것. 그것이 영원을 고독하게 살아가는 삶을 부여
받은 당신의 긍지? 쿡쿡, 참 초라하고 시시한 고집이네······."

으득.

세리카는 굳게 주먹을 쥐었다.

"그리고······ 실제로 당신은 전투 능력만 따지고 보면 지나
치게 강했고, 늘 완고하게 타인을 거부하니까 누구나 당신

을 두려워하고, 꺼리면서 다가가려 하지 않았어. ……마치 고슴도치 같아서 우스꽝스럽더라. 사상누각(砂上樓閣) 같은 거짓과 허구의 강함…… 그것이 세리카, 당신의 강함이야."

"시끄……러워……."

"그래서 한 번 생각해봤어. 틀림없이 당신은 타인을 거부하는 것 이상으로, 전력을 다해 다가와서 마음을 허락해주는 사람에게는 약해. 당신은 자신을 무조건 긍정하고 곁에 있어 주는 사람이 있다면…… 조금 친절하게 대해주기만 해도…… 간단히 함락되는 쉬운 여자였지!"

"……시끄러워……!"

"설마 이렇게까지 완벽히 걸려들 줄은 꿈에도 몰랐지 뭐야! 아하, 아하하하하하하하하하! 글렌 군과의 생활이 그렇게 즐거웠어?"

"시끄러워! 닥쳐어어어어어어어어!"

세리카는 격정에 몸을 맡기고 팔을 휘둘렀다.

앙리에타는 냉큼 뒤로 물러나서 피했다.

"응? 아무리 거부하고 심한 짓을 해도 당신을 이해해주고, 헌신적으로 봉사하고, 곁에 있어 주는…… 그런 편리한 인간이 정말로 있을 줄 알았어? 그럴 리가 없잖아? 바~보! 4백 년이나 살았으면서 그 정도도 몰랐던 거야? 웃겨 진짜! 아하하하하하하하하하!"

"시끄러워! 시끄러시끄러시끄러시끄러시끄러워! 너, 잘

도…… 죽여 버리겠어! 죽여 버리겠어!"

눈가에 맺힌 눈물을 강하게 훔치고 일어선 세리카는 앙리에타에게 왼손을 내밀었다.

폭주하는 감정이 시키는 대로 파멸적인 주문을 발동하려는 순간—.

"아윽?! 커헉!"

뇌신경이 타면서 끊어지는 듯한 격통이 온몸을 번개처럼 내달렸다. 혈관 몇 개가 갈기갈기 찢어지며 살갗을 찢고 피를 쏟았다. 갑자기 자신을 엄습한 고통과 충격을 견뎌내지 못한 세리카는 그 자리에서 피를 토하고 쓰러졌다.

"뭐야~? 아직도 당신이 강한 줄 알았어? 당신은 이미 끝장났거든?"

"무, 무슨 짓을…… 한 거지?"

"평범한 저주야~. 조금 전에 당신을 찌른 나이프에 새긴 저, 주. 마력을 쓰려고 하면 통각이 증가하고 육체가 파괴되는 저주를 걸었거든. 쿡쿡……."

앙리에타는 일그러진 환희의 표정으로 바닥을 기는 세리카를 내려다보았다.

"이렇게 되고 나니 『잿더미의 마녀』도 별것 아닌걸? 지금의 당신은 파괴적인 어설트 스펠도, 시간 조작도 쓸 수 없는…… 평범한 『여자』에 불과해."

갑자기 앙리에타가 손가락을 튕겼다.

그러자 마을 사람이었던 자들이 세리카를 향해 우글우글
몰려들었다.

　"……아……."

　마을 사람들은 움직이지 못하는 세리카를 난폭하게 바닥
에 눕히고 팔다리를 구속했다.

　양손은 머리 위로 들고 교차한 상태로 바닥에 짓눌렀다.

　다리는 반쯤 벌린 상태로 시체들이 손으로 고정했다.

　마술이 없으면 평범한 여자와 다름없는 세리카는 이제 꼼
짝도 할 수 없었다.

　"……큭?!"

　"보기 좋은걸. 지금의 당신은 참으로 꼴사나워……. 후훗,
당신은 평범하게는 못 죽여. 이 세상에서 맛볼 수 있는 모
든 굴욕과 고통을 주면서 죽여줄게……. 내가 지금껏 느낀
굴욕을 몇백 배로 갚아주겠어……."

　앙리에타는 기쁜 얼굴로 생각에 잠기는 척을 했다.

　"흠, 먼저…… 인간의, 여자로서의 존엄을 완전히 빼앗고
짓밟는 건 어떨까?"

　"……?!"

　"당신을 철저하게 범하고, 능욕하고, 울게 하고, 망가트려
줄게. 그 강하고 아름다운 세리카 아르포네아가…… 고작
시체들에게 깔려서 실컷 모욕당한 끝에 온몸이 더럽혀진 상
태로 비참하게 용서를 구걸하면서 울부짖는 광경…… 아앙!

그거 참 끝내주겠는걸. 상상만 해도 젖어버릴 것 같아……."

앙리에타는 황홀경에 젖은 열락의 표정으로 자신의 몸을 끌어안았다.

"당신을 그런 식으로 실컷 공들여 괴롭힌 후에 목걸이를 채워서 애완동물로 기르는 거야. 그리고 기쁘게 내 발을 핥는 암캐로 조교한 다음에는 느긋하게 도축해줄게……. 그걸로 내 복수는 완성되는 거야. ……우후훗, 각오는 됐어?"

침묵. 세리카는 체념한 것처럼 꼼짝달싹도 하지 않고 침묵을 관철했다.

"뭐, 같은 여자로서 자비는 베풀어줄게. 당신 같은 조교가 덜된 말괄량이를 능숙하게 다룬 남자는 거의 없었을 테니…… 어차피 당신, 이쪽 경험은 별로 없지? 괴로울걸? 그러니까 처음은 당신이 묘하게 마음에 들어 한 이 아이로 해줄게. ……실컷 즐겨보렴, 변태 씨."

글렌이었던 미니언이 수많은 시체들에게 팔다리를 구속당한 세리카를 향해 천천히 다가왔다. 그것을 계기로 손이 비어있는 남자들도 손을 뻗으며 그녀에게 몰려들었다. 설탕과자에 몰려드는 개미떼 같은 무시무시한 광경.

마술을 잃고 신체의 자유를 빼앗긴 세리카는 이제 일방적으로 희롱당할 수밖에 없었다.

그녀의 운명은 여기서 끝이다. 완벽한 승리다.

그렇게 확신한 앙리에타가 세리카의 가엾고도 비참한 말

로를 상상하며 비웃은…… 순간—.

작렬의 업화가 나선을 그리며 피어오르더니 세리카를 깔아뭉개고 있었던 시체들을 단숨에 불태워서 잿더미로 바꾸어 버렸다.

"……어?"

"하고 싶은 말은…… 그것뿐이냐? 잉리에타!"

소용돌이치는 불꽃과 열파 속에서 자유를 되찾은 세리카가 천천히 일어섰다.

즉시 주위에 있던 시체들이 덤벼들었다.

압도적인 질량을 자랑하는 썩은 시체의 파도가 그녀를 압살하려 했다.

하지만 세리카가 말없이 팔을 휘두르자 다시 초고열의 불꽃 폭풍이 격렬하게 소용돌이쳤다.

그것으로 방 안에 있던 모든 미니언이 하얀색과 회색 덩어리로 변했다.

"마, 말도 안 돼! ……어떻게?! 마력을 쓰면 저주의 효과로 견딜 수 없는 고통과 함께 육체가 파괴될 텐데…… 당신은 어떻게 마술을 쓸 수 있는 거지?!"

"……그 정도쯤은…… 참으면…… 돼……."

자세히 보니 저주에 걸린 세리카의 몸은 당연한 듯이 파괴가 진행되어서 폭포수처럼 피를 흘리고 있었다. 평범한 사람이었다면 저주의 효과로 증폭된 고통 때문에 미쳐서 폐인

이 됐을 것이다.

하지만 세리카는 그 모든 고통을 강인한 정신력으로 억누르고, 그 무엇보다도 섬세한 집중력이 필요한 마술을 성공시킨 것이었다.

지금도 끊임없이 흐르는 대량의 피로 붉게 물든 몸과 그중에서도 한층 더 선명하게 이글거리는, 흉악하게 빛나는 진홍색 눈동자.

그런 세리카의 모습은 처절하다는 한 마디로 정리가 가능했다.

"자, 그럼…… 잘도 날 함정에 빠트렸겠다? 나를…… 솔직히 이 나를…… 여기까지 엿 먹인 얼간이는…… 쿨럭! …… 큭…… 네가 처음이다. 칭찬해주마……."

"히익?!"

앙리에타는 악마 같은 세리카의 표정에 심장이 터질 듯한 공포를 느꼈다.

《그대는 섭리의 원환으로 귀환하라·一.》

그리고 지옥에서 뛰쳐나온 전귀(戰鬼) 같은 목소리로 주문을 영창하기 시작했다.

《오대원소는 오대원소로·一.》

"그, 그 주문은?! 어, 어서 막아야!"

몹시 당황한 앙리에타가 세리카의 주문 영창을 방해하려고 한 소절 영창으로 잇따라 마술을 발동했다.

하지만 세리카가 손가락을 한차례 튕겨서 발동한 고속의 카운터 스펠 앞에서 모조리 해체당했다. 카운터 스펠을 발동할 때마다 세리카의 몸 여기저기가 터지며 피로 꽃을 피웠지만…… 그녀의 주문 영창은 멈출 줄 몰랐다.

"아, 아아…… 이, 이럴 수가…… 이런……."

세리카는— 너무나도 압도적이었다. 승부가 되질 않았다. 이 정도의 저주로는 두 사람의 실력 차이를 메우는데 전혀 도움이 되지 않았다. 마술사로서의 근본적인 규격이 너무나도 달랐던 것이다.

그 순간, 앙리에타는 마음속으로 이렇게 생각했다.

왜 자신은 이런 상대에게 경쟁심을 불태웠던 것일까. 어째서 싸움을 건 것일까. 세리카를 적으로 만드는 행위 자체가 치명적인 실수였다. 개미가 사마귀로 다시 태어나봤자 용에게 이길 리 있겠는가?

"—·상과 섭리를 잇는 인연은 괴리할지어다》……."

거침없이 주문이 완성되었고 세리카의 왼손에 강대한 마력이 모여들었다.

그리고—.

"잘도……! 잘도 나를……! 완전히 죽어! 이, 쓰레기가아아아아아아아아아아아아아아아아아아아아아아아아!"

세리카가 앙리에타를 향해 왼손을 겨냥한 순간, 그녀의 옆에 있는 글렌을 보고 망설임이 생겼지만—.

"흑마 개량형 【익스팅션 레이】!"

그 망설임을 떨쳐내듯 주문을 발사했다.

세리카의 왼손에서 해방된 거대한 빛의 충격파가 공포에 떠는 앙리에타를, 그리고 글렌을 바로 집어삼켰다.

사신의 권속조차 죽인 물질분해소멸의 마광(魔光) 앞에서 앙리에타와 글렌은 저항할 수단도 없이 이 세상에 머리카락 한 올조차 남기지 못하고 깨끗하게 소멸되었다.

……모든 것이 끝난 후.

흑마 개량형 【익스팅션 레이】의 반동으로 육체가 한층 더 심하게 파괴된 세리카는 자신이 만든 피 웅덩이 한가운데에 대자로 누워 있었다.

'……아무래도…… 무리를…… 했나 보군……'

아직도 오체가 만족스럽게 붙어 있는 것이 신기했다. 팔다리가 뜯겨 날아가지 않은 건…… 그야말로 기적의 산물이었다.

'칫……. 제기랄…… 먼저 이 지긋지긋한 저주부터 디스펠하고…… 상처를 치료해야…….'

하지만—.

'뭐…… 상관없으려나……. 이대로도…….'

세리카는 조용히 눈을 감았다. 눈가에서 하염없이 눈물이 흘러나왔다.

'4백 년 전…… 그 불에 탄 황야 한복판에서 눈을 뜬 그날부터…… 애써…… 외면해왔지만…… 이젠 한계야…….'

더는 숨길 수 없었다.

앙리에타가 지적한 대로 마음의 가면은 전부 벗겨졌다.

전부 그 여자가 말한 대로였다. 자신은 혼자서 살아가기에는 너무나도 『약한』 인간이었다. 그래도 영원한 삶을 살아갈 수밖에 없으니 『강해지자』고. 그 누구와도 친해지지 않고 혼자서 살아가려 했지만…… 결국 『강해지지』 못한 『약한』 인간. ……그것이 세리카 아르포네아라는 여자의 숨길 수 없는 진실이었다.

얼마 전에 알리시아에게도 지적받았지만 딱히 무슨 특별한 일이 있었던 건 아니었다. 애써 강한 척 연기하며 살아왔지만 마침내 한계가 왔다. 그게 최근이었던 것. 단지 그뿐이었다.

무슨 영문인지 나이를 먹지 않는 길고 긴 고독 속에서 세리카의 마음은 이미 완전히 마모되고 지쳐있었다.

그런 데다 자신의 진심을 완고하게 숨겨왔던 가면까지 벗겨지고 말았으니…… 더는 어찌 할 방법이 없었다. 언젠가 찾아올 이별의 슬픔을 각오하면서까지 함께 살아가려고 했던 소년도 자신이 이 손으로 세상에서 완전히 없애버렸다.

세리카는 살아갈 기력을 완전히 잃고 만 것이다.

'하하, 이젠 됐어……. 왠지 피곤하군……. 마음속에 있는 이유 모를 사명감도…… 이 원인을 알 수 없는 불로 체질의 정체도…… 전부 아무래도 상관없어. 이대로 끝내자…….'

이대로 상처를 치료하지 않고 피를 계속 흘리면 제아무리 자신이라도 죽을 것이다. 지금까지는 자살할 용기가 없었으니 마침 좋은 기회였다. 마음속에서는 변함없이 이런 데서 죽지 말라고, 사명을 다하라는 목소리가 들렸지만…… 이젠 알 바 아니었다.

'엘리…… 나도 그쪽으로…….'

그렇게 생각하다가 살짝 쓴웃음이 나왔다.

'못…… 가겠지……. 내 영혼이 가는 곳은 어차피 지옥일 테니…….'

그러고 보니 이 저택은 결계로 숨겨진 장소였다. 세리카가 여기서 죽어도…… 아무도 모를 것이다. 알 수 있을 리 없었다.

결국 자신은 마지막 순간까지, 사후 세계에서도 고독할 것이다. 참으로 자신에게 어울리는 말로가 아닌가.

세리카가 슬쩍 빈정거리는 미소를 지으면서 의식을 놓으려 한…… 순간.

"……구, ……요. ……누…….'

"……?"

문득 누군가의 희미한 목소리가 들린 것 같았다.

바닥과 귀가 가깝다 보니 어딘가에서 난 소리를 바닥 너머로 우연히 들은 모양이었다.

"······줘요. ······요······. 누가······."

착각인 줄 알았지만, 아니었다. 틀림없는 사람 목소리였다.

"대체 누구야? 모처럼 이제부터 죽으려던······ 참이었는데······."

마지못해 몸을 일으킨 세리카는 비틀거리며 소리가 들리는 쪽으로 걸어갔다.

"흠······."

그러자 벽의 책장에 가려진 문을 발견했다.

그 문을 열자 지하로 이어지는 계단이 눈에 들어왔다.

"······뭐야 이건."

일단 신경이 쓰였으니 어쩔 수 없었다. 세리카는 비틀거리면서 계단을 내려갔다.

"······구해줘요······. 누가 좀······."

목소리는 안쪽에서 선명히 들렸다. 소년의 목소리였다.

"······함정? 뭐, 아무렴 어때······. 차라리 날 죽여줬으면······."

계단을 끝까지 내려가자 정면에 문이 보였다.

"······칫. 마술로 잠가놨군······. 함정치곤 성가신데······."

목소리는 이 문 너머에서 들렸다. 도움을 요청하고 있는 듯했다. 함정이건 뭐건 상관없이 이대로 내버려 두는 건 아무래도 기분이 찜찜했다.

"어쩔 수 없군······."

세리카는 주문을 외웠다. 먼저 자신의 육체를 좀먹는 저주를 피를 토해가며 겨우 디스펠했다.

"아, 젠장…… 아프잖아……. 이러고 함정이었다면 피를 흘린 보람도 없을 텐데……."

투덜거리면서 해제 주문을 외우고 문에 걸린 마술을 디스펠했다.

문을 열어보니 아무래도 이곳은 마술 실험 시설인 듯했다. 마력로와 약품 선반, 연금솥, 유리 기구, 모노리스형 마도 연산기…… 일반적인 마술 공방에서 흔히 볼 수 있는 설비가 빼곡하게 늘어서 있었다.

그리고 방 한가운데에 있는 구속대 위에는 누군가가 묶여 있었다.

"……거기 있는 건…… 누구지?"

"……앗?!"

그 인물의 정체는 소년이었다. 딱 글렌과 비슷한 또래의…….

나이 어린 소년의 모습에 반사적으로 놀랐지만…… 당연히 글렌은 아니었다.

그 소년은 세리카를 보자마자 갈라진 목소리로 외쳤다.

"구해줘요! 누나! 나 좀 구해줘요! 이젠 싫어……. 아픈 건 싫단 말야……! 제발! 절, 절 여기서 내보내 줘요! 집으로 보내주세요!"

"……안심해. 난 딱히 널 잡아먹거나 하진 않아. 참고로 너에게 심한 짓을 한 녀석은 아마 내가 해치웠을 거다."

자세히 보니 소년은 미니언이 아니었다. 확실히 살아있는 인간이었다. 앙리에타가 소멸한 이상 그녀의 미니언은 존재를 유지하지 못하고 사라질 운명이므로 이 소년은 의심할 여지가 없는 진짜 인간이었다.

'아마 이 녀석은 뭔가 특수한 마술 특성을 가지고 있던 거겠지. 그래서 앙리에타는 이 녀석을 실험체로 삼았던 걸 거야. ……그 쓰레기가.'

구속대 주위에 새겨진 마술식과 법진을 본 세리카는 그렇게 짐작했다.

구속을 풀자 소년은 그녀의 허리에 꽉 매달렸다.

"고마……워요……. 누나…… 진짜…… 엄청…… 괴로웠어요. ……난 이제 죽는 줄…… 고마……워요……. 정말로, 고마워요……. 흑……."

흐느끼는 소년의 모습과 자신이 조금 전에 날려버린 글렌의 모습이 겹쳤다.

"……너, 이름은? 부모님은……?"

"예……? 그건…… 으, 으윽…… 머리가……."

세리카의 질문에 소년은 갑자기 머리를 누르고 고통스러워하기 시작했다.

"기, 기억이 안 나요……. 아무것도……. 어, 어라……? 내가 대체, 누구였지……?"

"……그건 안타깝게 됐군."

아마 소년이 받은 마술 실험의 후유증 때문일 것이다. 구속대의 술식을 보아하니 아무래도 뇌에 큰 부담이 가는 실험을 받은 모양이었다. 그나마 폐인이 되지 않은 게 기적이었다.

하지만 기억을 잃었다고는 해도…… 이 소년은 결국, 그 마을의 제대로 된 유일한 생존자라 볼 수 있었다.

…….

"……어때? 뭔가 기억이 나?"

세리카는 이름 없는 소년을 데리고 그 마을로 돌아왔다.

이젠 아무도 없는, 없어져 버린 폐촌이었다.

소년은 잠시 마을을 두리번거렸지만…… 곧 불안한 목소리로 중얼거렸다.

"안 되겠어, 누나……. 전혀 모르겠어……. 여긴, 어디야?"

소년의 대답에 세리카는 한숨을 내쉬고 어깨를 늘어트렸다.

"……여긴 아무도 없네. 정말 난 여기서 살았던 거야? 누나……. 난…… 외톨이가 된 거야?"

소년은 불안한 듯 세리카의 옷자락을 잡았다. 그 작은 손이 떨리고 있었다.

'이 소년은 기억을 잃었어. 이 변경의 마을 사람들이 전부

죽은 지금…… 이 소년에게는 의지할 데가 없어. 소년을 아는 사람조차 존재하지 않아……'

세리카는 자신의 옷을 잡은 소년을 지그시 바라보았다.

기억을 잃고 고독의 불안에 떠는 인간…… 마치 과거의 누군가와 겹쳐 보였다.

"있잖아, 누나……. 난…… 앞으로 어쩌면 좋아……?"

'지금 이 소년에게는 나 말고 의지할 사람이 없어. ……난 아직 죽을 수 없는 건가.'

각오를 굳힌 세리카는 소년에게 불쑥 이렇게 말했다.

"저기…… 너, 나와 같이 가지 않을래?"

"……응?"

"그야…… 혼자는, 외롭잖아?"

세리카의 그 말은 대체 누구에게 들려주고 싶었던 것일까.

"이런 마을에 혼자 있어 봤자 어쩔 수 없을 테고……, 그리고 이렇게 만난 것도 무슨 인연이겠지. ……그러니 나와 함께 살아보지 않겠어?"

"……응."

세리카가 그렇게 제안하자 소년은 조용히 고개를 끄덕였다.

어쩔 수 없었다. 천애 고독한 소년에게는 다른 선택의 여지가 없었으리라.

"하지만 이름이 없으면 불편하겠군. 흠……."

아주 잠시 생각에 잠겼던 세리카가 소년을 향해 입을 열었다.

"글렌…… 오늘부터 넌 글렌 레이더스다."

"글렌……?"

"그래. 좋은 이름이지?"

그렇게 말하는 한편, 세리카는 마음속으로 자조했다.

'하하! 웃고 싶으면 웃어라. 시시한 감상이라고 비웃어……. 난 지금도 마음속 어딘가에서 그 아이를 대신할 존재를 원하고 있는…… 비참하고도 꼴사나운……『약한』여자야…….'

"……누나? 왜 그래? 왜 우는 거야?"

"아무것도 아니야……. 아무것도……."

세리카는 눈가를 훔치면서 필사적으로 소년─『글렌』에게 웃어주었다.

"그렇게 불안한 얼굴 하지 마……. 넌 내가…… 지켜줄 테니까……."

"……응."

그리고 두 사람은 손을 잡고 마을 밖으로 천천히 걸어가기 시작했다.

…….

그 리치 토벌 임무를 마지막으로 세리카는 제국 궁정 마도사단을 그만두었다.

지켜야 할 존재를 얻은 『잿더미의 마녀』는 더는 뭔가를 파괴할 이유가 없었기 때문이다.

그것이 설령 일그러지고 비뚤어진, 이기적인 자기만족일지라도…….

때로는 그것이 구원이 될 수도 있는…… 단지, 그뿐인 이야기.

…….

그 후로 세월이 흘러…… 세리카의 저택에 있는 주방.

"참 나…… 왜~ 오늘은 내가 요리를 해야 하는 거냐고. 귀찮게시리……. 내일 수업도 준비해야 하는데…… 항상 만드는 건 너, 먹는 건 나였잖아. ……투덜투덜."

"시끄러, 닥쳐. 가끔은 너도 가사 좀 해. 쫓겨나고 싶은 거냐? 더부살이."

불 위에 올린 냄비 안을 휘저으면서 투덜거리는 글렌의 모습에 세리카는 한숨을 내쉬었다.

"그런데…… 글렌. 하필이면 왜 버섯 스튜지?"

그리고 냄비 안을 들여다보면서 물어보았다.

"응? 오늘은 우연히 시장에서 버섯이 쌌고, 무엇보다 스튜는 만들기 쉬우니까…… 왜? 무슨 문제라도 있어?"

"……아니, 아무것도 아니야."

글렌이 버섯 스튜를 만드는 모습을 보고 문득 그날의 기억이 떠올랐다고…… 말하지는 않았다. 이『글렌』에게는 아무런 관계도 없는 이야기니까.

'그 후로 글렌에게 이런저런 마술적인 치료를 해봤지만…… 결국, 글렌의 기억은 돌아오지 않았어. 이걸 좋다고 봐야 할지, 나쁘다고 봐야 할지 모르겠군.'

세리카는 그런 생각을 하며 마지못해 요리하는 글렌의 등을 바라보았다.

"아~ 세리카~ 접시 좀 꺼내주라. 오늘은 내가 이런 중노동을 했으니까 그 정도는 도와줄 수 있지……?"

"……나는 매일 그 중노동을 하고 있다만? ……참고로 넌 접시를 꺼내는 것조차 도와주지 않으면서."

"아~ 아~ 안 들려요~."

"정말이지, 너란 녀석은……."

선반에서 식기를 꺼낸 세리카는 냄비 앞에 서 있는 글렌의 옆얼굴을 훔쳐보았다.

'변덕으로 거둬들인 그 작은 소년이 벌써 이렇게 자라다니……. 그 후로도 많은 일이 있었지만…… 세월의 흐름이라는 건 정말 빠르군.'

여전히 자신은 아무것도 변하지 않았다. 나이도 먹지 않았다. 정체를 알 수 없는 사명감도 변함없었다. 그 사명을 달성하는 방법을 모르는 것도…… 여전했다. 이 영원이 대체 언제까지 계속될지는…… 짐작도 가지 않았다.

나날이 변화하는 건 주변뿐이었다.

언젠가는 이『글렌』도…… 세월의 흐름에 따라 자신의 앞에서 떠나갈 것이다.

그때는 이별의 괴로움을 견디다 못해 역시 그날의 선택을 후회할지도 몰랐다.

하지만―.

……그래도.

"저기, 글렌."

"응? 스튜라면 아직 멀었는데? ……좀 참아, 이 먹보야."

"아니, 그게 아니라…… 그때 널 만나길 정말 잘했다고…… 난 지금도 그렇게 생각해. 너와 함께 보낸 다정한 나날의 기억은…… 그 무엇과도 바꿀 수 없는 진실이니까."

"……뭐?"

"그것만은 앞으로도 무슨 일이 일어나도 결코 바뀌지 않아. ……이 따스한 추억만 있으면…… 난 분명 마지막까지 걸어갈 수 있겠지. 고맙다……."

"……!"

그 순간, 글렌이 웬일로 진지한 얼굴을 하고 입을 다물더니―.

"풋…… 으하하하하하하하하하하하! 가, 갑자기 왜 그래? 세리카. 뭐 이상한 거라도 먹었어? 아니면 노망이라도 든 거야? 꺄하하하하하하하하하!"

배를 잡고 웃음을 터트렸다.

"……그래, 그렇군. 그럴지도 모르겠어. ……나도 이제 늙은 걸까."

세리카도 너스레를 떨면서 어깨를 으쓱였다.

"야, 노망들긴 아직 이르잖아. 할머니. 네가 없으면 대체 누가 내 밥을 차려주는데? 말해두지만 오늘은 어쩌다 한 번 만들어본 거야. 이런 귀찮은 짓을 매일 어떻게 해! 난 아직 당분간 너한테 기생할 생각이니까…… 정신 똑바로 차리라고."

"하하하. 시끄러워, 바보. 얼른 죽어, 지금 당장 죽어."

"흥…… 그렇게 간단히 죽을까 보냐. 난 바퀴벌레처럼 끈질기다고?"

두 사람은 스스럼없이 서로를 헐뜯으며, 그래도 웃으면서 저녁 식사를 차렸다.

이날 먹은 스튜의 맛은 각별했다.

"야, 세리카. 어때? 맛있어? 나름 잘 만든 것 같은데."

"……그래, 맛있군."

식탁 앞에 우아하게 앉은 세리카의 입가에는…… 온화한 미소가 걸려 있었다.

■작가 후기

　안녕하세요, 히츠지 타로입니다.

　이번에는 첫 단편집 『변변찮은 마술강사와 추상일지』가 발매되었습니다.

　편집자님 및 출판 관계자 여러분, 그리고 본편 『변변찮은』을 지지해주신 독자 여러분 덕분입니다! 정말 감사합니다!

　이야~ 운 좋게 드래곤 매거진에 단편이 실린 뒤로 꽤 오랜 시간이 지났습니다. 돌이켜보면 저에게 단편이란, 제 소설가로서의 궤적 그 자체가 아니었나 싶네요. 이 기회를 통해 잠시 돌이켜보도록 하겠습니다.

　○**변변찮은 강사의 치열한 하루**

　첫 단편입니다. 제가 소설가로 데뷔했을 때, 아무튼 『변변찮은』의 세계관을 알기 쉽게 설명하는 단편을 써달라는 요청이 있어서 필사적으로 뇌에서 끄집어낸 이야기입니다. 아아, 그때는 아직 나도 치바에 있었는데……(끊길김).

　○**길 잃은 하얀 고양이와 금기수기**　마이 레코드

드래곤 매거진 다음호 원고에 빈자리가 하나 생기는 바람에 편집자님이 급하게 의뢰를 하셨던 것이 이 이야기입니다. 의뢰를 받은 순간 「해치워 주마아아아아아!」라고 수이기O 같은 흥분한 상태로 컴퓨터 앞에 앉아 「이게 처음이자 마지막 기회로 여기서 힘낼게……」라면서 부모님께 과장스럽게 큰소리를 치고(기억을 지우고 싶음), 불타오르는 혈기에 몸을 맡긴 채 밤을 새워가며 원고를 완성했지만—.

편집 "아, 죄송합니다. 히츠지 씨. 빈자리를 채웠네요. 역시 됐습니다."

히츠지 "네 피는 대체 무슨 색이냐아아아아아아!(피눈물)"

하지만 다행히도 다다음호에는 실렸습니다. 좋은 추억이네요.

○마술강사 글렌 무모편

얼마 후 드래곤 매거진에 본격적으로 연재가 결정됐을 때 쓴 이야기입니다.

이때는 기뻐서, 아무튼 기뻐서…… 정말로 기뻐서……. 사고력과 판단력이 약해졌던 거겠죠. 예……, 분명 이 무렵이었습니다.

회사 상사 "히츠지 군…… 이번에 나가노에 한 달 정도 출장을 가주지 않겠나? 사람이 부족하다더군. 아니, 자네가 싫다면 강요는 안 하겠네만……."

히츠지 "아하하! 저에게 맡겨주세요! 어디든 날아가겠습니다!"

……성급함은 금물(현재 출장 기간 약 1년, 계속 갱신 중…… 돌아가고 싶다).

○마술강사 글렌 허영편

하얀 고양이의 부모님이 등장하는 수업 참관 편입니다.

그런데 아이가 수업 참관을 받을 때의 반응은 부모에게 멋진 모습을 보이려고 분발하거나, 위축되는 것 중 하나일 것 같습니다만…… 전 틀림없이 전자였습니다.

당시 선생님 "이 문제 아는 사람~?"

어린 히츠지 "저요! 저요! 저요! 저요! 저요! 저요~!"

당시 선생님 "그럼 오늘 묘하게 기운이 넘치는 히츠지 군!"

어린 히츠지 "모르겠어요!(당당)"

…….

히츠지 "제기랄! 기억나 버렸잖아! 패고 싶어! 그 시절의 날 진심으로 백만 번쯤 두들겨 패고 싶어! 으아아아아!"

단편 집필 중 어느 등장인물의 대사를 쓰다가 발작을 일으켰습니다. 좋은 추억이네요.

○공허 ~고독의 마녀~

이 단편집을 출간하면서 새로 쓴 특별 단편입니다.

주인공은 세리카. 우아하고 화사한 숙녀인 그녀는 유머와 장난기가 넘치고 자유분방한 성격인 데다 오만불손, 늘 타인을 깔보는 태도를 고수하는 자유인입니다. 덤으로 정체 모를 불로 체질의 소유자이자 최강 클래스의 마술사이기도 합니다.

세리카는 제 이미지 속에 있는 『강하고 멋진 여성』을 한곳에 응축한 캐릭터입니다.

하지만 그런 최강인 그녀의 진짜 얼굴은? 그녀가 걸어온 인생이란? 누구보다 강한 그녀가 어린 글렌을 변덕으로 거둬들인 이유는?

그 답의 일부를 이 이야기에 아주 살짝 실어봤습니다.

인간에게는 저마다 역사가 있는 법. 어느 마녀의 알려지지 않은 이야기를 즐겁게 읽어주셨으면 좋겠습니다.

자, 이렇게 돌이켜보니 정말 많은 일이 있었네요……. 단편이랑 관계없지만요.

……응. 내 소설가로서의 궤적이라는 건 대체……?

히츠지 타로

후기

팔불출 세리카가 귀여워!
와인이 잘 어울려……

2016.3

■ 역자 후기

　안녕하세요. 역자 최승원입니다.

　아마 처음 접하게 된 독자분도 계실지 모르겠습니다만, 이런 단편집은 이웃 나라의 라이트노벨 업계에서 오랜 전통이 된 스타일입니다. 아무래도 이런저런 문제로 국내에 외전을 들여오지 않는 경우가 워낙 많다 보니 개인적으로 큰 기대는 하지 않고 있었습니다만, 이렇게 번역할 기회가 와서 진심으로 감격했습니다.

　사실 제가 라이트노벨을 원서로 읽게 된 첫 계기도 정말 재미있고 흥미진진하게 읽었던 작품마다 하나같이 외전을 들여오지 않다 보니 직접 사서 읽고 만다! 라는 마인드로 읽기 시작했습니다만, 어느새 이렇게 프로 번역가로 일하는 것을 돌이켜 보면 참 신기하네요. 정말 인생은 무슨 일이 일어날지 알 수 없나 봅니다.

　개인적으로 단편집을 가장 재미있게 읽는 방법은 역시 본편과 어떻게 연결되는지 상상하면서 읽는 것이 아닐까 싶습니다. 실제로 본편이 큰 줄기라고 한다면 이 단편집은 일종의 외전, 뼈대를 더욱 멋지고 호화롭게 장식해주는 잔가지라고 볼 수 있겠죠. 또한 이 금기교전 시리즈를 일본에서 발매하는 후지미 쇼보의 작품 스타일을 생각해보면, 이 단편집은 그야말로 보물 상자…… 별것 아닌 부분에서도 수많은 복선을 숨기고 있을 가능성이 무궁무진합니다.

특히 이번 권에서 주목할 캐릭터는 역시 세리카였습니다. 표지 모델로 나왔을 때부터 어느 정도 예상하긴 했습니다만, 본편에서의 취급이 머릿속에서 싹 사라질 정도로 비중이 어마어마하네요……. 사실 전 이 작품을 처음 접했을 당시에는 세리카를 단순히 주인공의 후견인, 아니면 정말로 주인공들이 절체절명일 때 문제를 해결해주는 데우스 엑스 마키나 같은 역할일 거라고 예상했었습니다만, 아무래도 완벽한 오산이었던 것 같습니다. 본편에서의 활약과 비중을 최대한 줄이고 간섭하지 못하게 했던 건 아무래도 작가님의 치밀한 의도가 아니었을까 하는 생각이 절로 들었습니다. 아마 작품이 전개될수록 거의 루미아급 비중을 차지하는 다크호스가 될 수 있을지도……. 역자이기 전에 이 시리즈의 독자 중 한 명으로서 앞으로의 전개가 어떻게 펼쳐질지 많이 기대가 됩니다.

그럼 될 수 있는 대로 빠른 시일 내에 다음 권(본편 6권)에서 뵐 수 있기를 바라면서 이만 후기를 마치겠습니다.

초출(初出)

변변찮은 강사의 치열한 하루

Bastard magic instructor goes beyond his limits

드래곤 매거진 2014년 9월호

길 잃은 하얀 고양이와 금기수기

Wandering white cat and the memory handbook

드래곤 매거진 2015년 1월호

마술강사 글렌 무모편

Magic instructor Glenn and his story of recklessness

드래곤 매거진 2015년 3월호

마술강사 글렌 허영편

Magic instructor Glenn and his story of vanity

드래곤 매거진 2015년 5월호

공허 ~고독의 마녀~

Emptiness ~The lonesome witch~

특별 단편

Memory records of bastard
magic instructor

변변찮은 마술강사와 추상일지 1

1판 1쇄 발행 2017년 6월 10일
1판 4쇄 발행 2019년 6월 28일

지은이_ Taro Hitsuji
일러스트_ Kurone Mishima
옮긴이_ 최승원

발행인_ 신현호
편집국장_ 김은주
편집진행_ 최은진 · 김기준 · 김승신 · 원현선 · 권세라
편집디자인_ 양우연
국제업무_ 정아라 · 전은지
관리 · 영업_ 김민원 · 조인희

펴낸곳_ (주)디앤씨미디어
등록_ 2002년 4월 25일 제20-260호
주소_ 서울시 구로구 디지털로 26길 111 JnK디지털타워 503호
전화_ 02-333-2513(대표)
팩시밀리_ 02-333-2514
이메일_ lnovelpiya@naver.com
ㄴ노벨 공식 카페_ http://cafe.naver.com/lnovel11

MEMORY RECORDS OF BASTARD MAGIC INSTRUCTOR
©Taro Hitsuji, Kurone Mishima 2016
First published in Japan in 2016 by KADOKAWA CORPORATION, Tokyo.
Korean translation rights arranged with KADOKAWA CORPORATION, Tokyo.

ISBN 979-11-278-4162-1 04830
ISBN 979-11-278-4161-4 (세트)

값 6,800원

데이트 어 라이브 1~15권, 앙코르 1~6권, 머테리얼

타치바나 코우시 지음 | 츠나코 일러스트 | 이승원 옮김

4월 10일. 새 학기 첫 등교일.
이츠카 시도는 평소와 다름없는 일상을 보내고 있었다.
갑작스러운 충격파로 파괴된 마을 한가운데에서 소녀와 만나기 전까지는―

세계를 부수는 재앙. 정령을 막을 방법은 단 두 가지.
섬멸, 혹은 대화

정령과 만나게 된 시도는,
세계의 멸망을 막기 위해 데이트로 정령을 꼬셔야하는 운명에 처하게 되는데!?

세계의 멸망을 막기 위한 데이트가 시작된다―!!

ANIPLUS TV 애니메이션 방영 화제작!!

토모토 스이
스마키 슌고

금색의 문자술사

용사 네 명에게
휘말린
유니크 치트

©Sui Tomoto, Syungo Sumaki 2015
KADOKAWA CORPORATION

금색의 문자술사 1~5권

토모토 스이 지음 | 스마키 슌고 일러스트 | 김장준 옮김

식사와 독서를 사랑하는 『아웃사이더』 고등학생 오카무라 히이로는
같은 반의 리얼충 네 명과 함께 이세계로 소환됐다.
《용사》가 되어 인간국 빅토리어스를 구해달라는 왕녀의 부탁에 들뜨는 리얼충들,
그런 와중 밝혀진 히이로의 칭호는— 《말려든 자》?!
원래 세계로 돌아갈 방법은 없다. 용사들과 장단을 맞출 생각도 없다.
하지만 기왕 하게 된 이세계 라이프
적은 문자의 이미지를 발현하는 히이로만의 능력 《문자마법》을 사용해
미지의 요리와 책을 찾아 홀로 모험에 나선다!
이세계에서도 고고한 『아웃사이더』 노선을 관철하는 히이로는 아직 모른다.
이윽고 히어로라고 불리게 될 자신의 미래를…….

소설가가 되자 사이트에서
조회수 2억 6천만을 돌파한 초인기 대작

라이트노벨의 새로운 빛! L노벨의 신간은 매월 10일에 발매됩니다. http://cafe.naver.com/lnovel11

곰 곰 곰 베어 1~3권

쿠마나노 지음 | 029 일러스트 | 김보라 옮김

게임이 현실보다 재밌습니까?—YES
현실 세계에 소중한 사람이 있습니까?—NO

……온라인 게임 설문 조사에 대답했을 뿐인데
말도 안 되는 이세계(아마도)로 내던져진 나, 유나.
은퇴이 경력 3년의 폐인 게이머.
맨 처음 장착하게 된 장비템이『곰 세트』라니……,
이게 무어야—!?
하지만 세고 편하니까 뭐, 괜찮으려나?
울프를 쓰러뜨리고, 고블린을 쓰러뜨리고
극강 곰 모험가로서 일단 해볼까요.

은둔형 외톨이 소녀, 이세계에서 무적의 곰 모험가가 되다!

데스마치에서 시작되는 이세계 광상곡 1~8권

아이나나 히로 지음 | shri 일러스트 | 박경용 옮김

한창 데스마치를 치르던 프로그래머 스즈키 이치로(29).
『사토』란 닉네임을 쓰는 그가 잠시 잠들었다 깨어나 보니
들도 보도 못한 이세계에 방치되어 있었다!
혼란에 빠질 틈도 없이 눈앞에는 처음 보는 괴물의 대군이 다가오고,
하늘에서는 유성우가 쏟아진다.
정신을 차리고 보니, 최강 레벨의 힘과 막대한 부를 손에 넣었는데……?!
이렇게 사토의「유유자적, 가끔 시리어스, 그리고 하렘」인
이세계 모험담이 시작된다!!

최강 레벨과 막대한 재보를 가지고
시작되는 유유자적 이세계 관광!!

라이트노벨의 새로운 빛! L노벨의 신간은 매월 10일에 발매됩니다. http://cafe.naver.com/lnovel11